Gute-Laune-Abend

ALFRED UNGER

Gute-Laune-Abend

Personen und Handlung sind frei erfunden, etwaige Ähnlichkeiten mit tatsächlichen Begebenheiten, lebenden oder verstorbenen Personen sind rein zufällig.

Bibliografische Information der Deutschen Nationalbibliothek:
Die Deutsche Nationalbibliothek verzeichnet diese Publikation in der Deutschen Nationalbibliografie; detaillierte bibliografische Daten sind im Internet über http://dnb.dnb.de abrufbar.

© 2020 Alfred Unger
Umschlaggestaltung, Herstellung und Verlag:
BoD – Books on Demand, Norderstedt

ISBN: 978-3-7519-2447-4

»Ich brauche Liebe!«, schreit der dickbäuchige junge Mann vom Dach des zweistöckigen Prachthauses herunter, das im Stil einer spanischen Casa erbaut wurde, dabei breitet er seine Arme aus wie die Jesus-Statue in Rio. Er trägt nur einen knapp sitzenden schwarzen Slip mit neongrünen Tigerstreifen.

Es ist Samstag, später Nachmittag, und die Sonne ballert vom Himmel. »Wer ist das?«, fragt Rick und zeigt mit der Bierflasche in der Hand nach oben. Rick heißt eigentlich Richard, aber wer will schon so angesprochen werden.

»Johannes«, gebe ich etwas gequält zurück. Das gleißende Licht von oben brennt mir in den Augen. Zudem leide ich unter einem Kater, gestern bin ich in einer Kneipe versackt. Der kühle Weißwein schmeckt hervorragend. Ich habe mal in einem Lifestyle-Magazin gelesen, dass ein erlesener Weißwein sich in besonderer Weise dazu eignen soll, die Folgen einer durchzechten Nacht zu vertreiben.

»Zum Glück steht das Haus frei«, überlegt Rick.

»Ja. Hier, wo die Reichen wohnen, sind die Nachbarn aufgrund der riesigen Grundstücke etwas weiter weg«, bestätige ich, »zudem ist Urlaubszeit, es dürften eh nicht alle zu Hause sein.«

»Verstehe«, Rick nickt, »aber warum trägt der Dicke einen Tigerslip?«

»Weil er die mit Leopardenflecken für vulgär hält«, erkläre ich ihm, »du musst wissen, Johannes ist sensibel.«

»Oha«, Rick nimmt einen tiefen Schluck aus der Flasche, »hatte er denn schon mal was mit einem Mädchen?«

»Ja, aber das liegt bereits Jahre zurück.«

»Woran hat es gelegen?«

»Soviel ich weiß, beteuerte das Mädel bei jeder sich bietenden Gelegenheit, bei der Liebe käme es nicht auf den Körper, sondern auf die Seele an.«

»Klingt doch nett«, unterbricht mich Rick.

»Schon. An seinem Bauch gibt es kein einziges Haar.«

»Na und?«

»Wenn er bei der Missionarsstellung anfing zu schwitzen, stülpte sich sein Bauchnabel wie ein gigantischer Saugnapf über den Leib des Mädchens und es ging nicht mehr vor und zurück.«

Rick grinst. »Und er unten, sie oben?«

»Da war der Bauch im Weg. Also musste sein Oberkörper tiefer als der untere Rest gelegt werden. In der Position sah er aber nur den wabbelnden Speckhügel vor sich und kam wegen der so entstandenen Entfernung mit seinen Händen nicht mehr an sein Mäuschen heran, die Brüste und so, du weißt, was ich meine. Er ist halt sensibel.«

»Und von hinten durch die kalte Küche, was den unschlagbaren Vorteil mit sich bringt, dass keiner der Akteure ein freundliches Gesicht machen muss?« Rick will es genau wissen.

»Dabei musste er ihr, um überhaupt mit dem dazu notwendigen Organ nahe genug heranzukommen, seinen Bauch auf den Rücken legen, was sie als zierliche Person in kürzester Zeit zusammenbrechen ließ. Abgesehen davon war diese Position auch für ihn zu belastend.«

»Klar. Es gibt doch noch andere Möglichkeiten.«

»Alles habe ich nun auch wieder nicht parat.«

»Woher weißt du überhaupt so viel von seinem erschwerten Sexleben?«

»Er hat es mir mal im besoffenen Kopf erzählt«, ich trinke mein Glas aus, herrliches Getränk, »jedenfalls lief die Sache später irgendwann auseinander.«

»So weit ging der platonische Idealismus des Mädchens dann doch nicht«, bemerkt Rick trocken.

»Wohl kaum.«

»Hat er mal über Abnehmen nachgedacht?«

»Schon. Aber er will so geliebt werden, wie er ist. Wie gesagt ...«

»Er ist sensibel«, ergänzt Rick.

Er schaut sich überrascht das Haus von außen, das Anwesen und das ganze Drumherum an, anschließend pfeift er anerkennend zwischen den Zähnen hindurch. »Scharfer Laden, die Leute verstehen zu leben. Und du bist sicher, die kommen nicht heute oder morgen zurück?«

»Die Wahrscheinlichkeit besteht, aber sie ist verschwindend gering. Nein, die ganze Familie ist mit Sack und Pack auf Madeira.«

»Wie bist du eigentlich auf die abgedrehte Idee gekommen, hier eine Party zu schmeißen?«

»Die verdanke ich der Macht des Zufalls. An dem Tag, als die Besitzer abreisten, schlenderte ich hier vorbei. Ich sah, wie sie einen Van mit Koffern beluden. Eltern und zwei Kinder, ein Junge und ein Mädchen, da kommt was zusammen. Sichtlich angespannt kramte die Frau mit fahrigen Bewegungen ständig in ihrer Handtasche herum, als suchte sie etwas. Genau in dem Moment, als ihr Mann sie von der Fahrerseite aus anbrüllte: ›Wenn du nicht bei drei im Wagen sitzt, fahre ich ohne dich los‹, fiel ihr ein Schlüssel herunter. Mich bemerkten sie in der allgemeinen Aufregung gar nicht. Nachdem das Auto hinter der Biegung der Straße verschwunden war, hob ich den Schlüssel auf, und siehe da, er passte in die Haustür.«

»Clever. Doch wie hast du herausbekommen, dass sie auf Madeira sind?«

»Durch kriminologische Kombinatorik. Ich kenne Susi vom örtlichen Reisebüro, sie wird übrigens auch gleich hier auflaufen. Bei ihr habe ich nachgefragt, ob besagte Familie bei ihr gebucht hätte. Volltreffer. So fügte sich eins zum anderen.«

»Du weißt schon, dass du einen kolossalen Knall hast?« Rick klopft mir auf die Schulter.

»Ja, das behauptet so gut wie jeder, mit dem ich zu tun habe.«

»Schau, der dicke Johannes klettert von Dach herunter.«

Ich blicke kurz nach oben. »Prima. So wie ich ihn kenne, wird er sich anschließend über den Wodka hermachen. Komm, wir gehen ins Haus, ich habe Durst.«

In der Küche, die mir so groß wie meine ganze Wohnung vorkommt, sitzt Johannes am Tisch. Wie ich vermutet habe, steht vor ihm eine Flasche Wodka, den er sich mit Orangensaft mischt. Inzwischen trägt er karierte Shorts und ein kariertes Kurzarmhemd, das über dem Bauchnabel offen steht. Vom Style her vielleicht nicht ganz die beste Wahl.

»Geile Vorstellung, die du abgeliefert hast«, sage ich zu ihm. Rick hält den Mund. Er greift sich aus dem Kühlschrank ein frisches Bier. Ich verschwinde in Richtung Keller.

Von Weinen verstehe ich eigentlich nichts, einfach so, ohne darüber nachzudenken, habe ich mir zum Start in die Sause diesen Weißen hier aufgezogen. Unten finde ich noch zwei Kisten davon, vorsichtshalber bringe ich sie vor den noch zu erwartenden Gästen in Sicherheit. Die gesamte Sammlung alkoholischer Getränke der Hausbesitzer dürfte locker für einen Monat Dauerparty reichen. Mit zwei Flaschen der köstlichen Brühe bewaffnet steige ich nach oben. Ich muss pinkeln.

In der Gästetoilette kann ich meinem Kopf im Spiegel nicht ausweichen. Kurze braune Haare stehen in alle Himmelsrichtungen ab. Viele halten mich für eine Art Punk und fragen mich, wie lange ich morgens für meine Frisur brauche, doch meine Federn sehen im Original so aus. Die Nase verläuft nach vorne hin zu einem Haken, der paradoxerweise im unteren Bereich in eine Knolle mündet. Der Mund sieht bis auf einen leichten Schiefstand links durchschnittlich aus. Das Grün meiner Augen fällt so blass aus, dass man eigentlich von einem Gelb sprechen müsste. Eine Ex von mir fand, sie sähen aus wie Sand. Nun ja, man kann nicht alles haben. Ich klopfe auf die rechte Seitentasche meiner ausgebeulten Cargohose. Das Tao-Te-King von Laotse wackelt darin. Ohne dieses Buch dabeizuhaben, gehe ich nirgendwo hin. Als Schreiner leiste ich gute Arbeit, darum sieht mein Chef mir einiges nach. Wie praktisch, heute ist mein erster Urlaubstag.

Freaky, so rufen mich die Insider, ich kann es ihnen nicht einmal verdenken. Hin und wieder gestalte ich grafisch die Coverartworks der Alben von Metalbands aus dem sogenannten Underground, die, wahrscheinlich genau aus dem Grund, dort bis in alle Ewigkeit stecken bleiben. Manche aus meinem Bekanntenkreis halten mich deswegen irrtümlich für einen künstlerisch versponnenen Intellektuellen.

Ich verfrachte die Flaschen in den Kühlschrank. Die Küche schätze ich auf 60 000 Euro.

Alles nur Vollholz, Töpfe und Pfannen aus Kupfer, modernste Technik, Geräte, von denen ich nicht weiß, wofür man sie überhaupt benutzt, der Block mit dem Herd in der Mitte, darüber ein Abzug. Jedes Detail wurde bedacht. Der Tisch mit der Sitzgruppe kommt, was seine Ausmaße angeht, der Tafel aus einem Ritterfilm gleich.

Mit einem gefüllten Glas setze ich mich auf die Veranda. Hinter mir betätige ich einen Schalter, der die Markise ausfahren lässt. Auf der gewundenen Einfahrt zum Haus erblicke ich Susi. Nach der Brustverkleinerung wegen dauerhaften Rückenschmerzen, aus jeder Seite entfernte man ihr circa 700 Gramm, geht sie immer noch in leicht gebeugter Haltung. Sie erfüllt optisch sämtliche Klischees einer Blondine auf einem Pin-up-Foto. Wie bereits erwähnt, arbeitet sie mit halber Stelle in dem Reisebüro. In ihrer Freizeit zockt sie recht erfolgreich an der Börse, spätestens mit vierzig will sie sich zur Ruhe gesetzt haben. Von den Kerlen hat sie derzeit die Nase voll, die seien eh nur hinter ihrer nach wie vor erstaunlichen Oberweite her, hat sie mir erst kürzlich erzählt. Sie ist eine Seele von Mensch. Ich kann beide Standpunkte sehr gut nachvollziehen. Ich spiele oft mit dem Gedanken, es mit ihr zu versuchen, aber wir sind Freunde seit Kindertagen, und Liebe kann nun mal viel zwischen zwei Menschen zerstören, heißt es.

Susi zieht einen mit Baguettes, Käse und Salami überladenen Einkaufstrolley, ihr Beitrag zur Spontanparty des Jahres. Ich selbst habe mich den ganzen Spaß 500 Mücken kosten lassen.

Jeder persönlichen Einladung in meinem Freundeskreis folgte der Hinweis, Getränke oder Fressalien mitzubringen. Um mich nicht ständig mit den gleichen Abhängern, Susi ausgenommen, zu langweilen, warb ich sogar im Internet für diesen Abend.

»Hi, Freaky! Ganz schön anstrengend, der Weg hierhin, die leichte Steigung, und das bei den Temperaturen«, begrüßt sie mich und wischt sich den Schweiß von der Stirn, »ging es bei dem Schuppen nicht auch eine Nummer kleiner?«

»Klar, aber die bescheideneren Locations waren für heute leider schon ausgebucht. Komm, ich helfe dir beim Ausladen!« Im Nu bin ich auf den Beinen.

Sie staunt nicht schlecht, als sie die Küche betritt. »Voll krass. Die Besitzer scheinen im Geld zu schwimmen.« Kurz sagt sie den beiden anderen Hallo, denen sofort die Augen übergehen.

»Sage ich doch, die Reichen sind schon okay, irgendwie wäre meine Bude für dieses Event ein wenig zu eng gewesen. Einen Rundgang durch den Palast musst du dir einfach gönnen. Magst du einen Wein?«, gebe ich gedehnt zurück.

»Später vielleicht. Für den Durst wäre jetzt ein Bier nicht schlecht.« Eilfertig springt Johannes auf, dabei bleibt er mit seinem Bauch unter der Tischplatte hängen, für einen kurzen Moment hebt der Tisch ab. Rick schafft es gerade noch so, die Flaschen aufzufangen. Kein guter Einstieg für den Adonis in Shorts.

Mit dem Bier in der Hand startet Susi ihre Erkundungstour. Kaum ist sie auf der Treppe nach oben, stecken die Kerle die Köpfe zusammen. »Mann, was für Titten, richtig fleischige Dinger«, Johannes sieht aus wie jemand, der gleich in Ohnmacht fällt. Rick kratzt sich nervös am Hals.

»Was meint ihr, was für ein Gefühl das sein muss, die in den Händen zu halten? Da könnte ich doch gleich …« Das Klingen an der Tür unterbricht seine lüsternen Vorstellungen.

›Wer statt des Zimmermanns die Axt führen wollte, kommt selten davon, ohne dass er sich die Hand verletzt‹, sagt Laotse. Wir Männer sind von unserer Natur her primitiver als Frauen, was Erotik und Sex anbetrifft, eher Grobmotoriker, vermute ich. Können wir nichts dafür, oder sind wir einfach nur zu dämlich, um etwas dazuzulernen? Wieder so eine Frage, auf deren Antwort ich wohl noch warten muss.

Ich öffne die Tür. Dort treffe ich auf einen mir bis dato gänzlich unbekannten Typen, in bayrisch aussehenden Klamotten, jedenfalls trägt er eine kurze Lederhose nebst einem karierten Hemd. Auf den ersten Blick wirkt er verweichlicht.

»Ich suche einen gewissen Freaky«, spricht er mich mit einem leichten Lispeln an. Er müsste in meinem Alter sein.

»Steht vor dir!« Jetzt erst fällt mir die braun gefleckte Ziege neben ihm auf, die er wie einen Hund an der Leine führt.

»Ich bin wegen deiner Einladung aus dem Netz hier. Ich heiße Tobi.« Er weist auf die Ziege. »Das ist Hildegard, eine reinrassige deutsche Herdbuchziege, sie ist hundert Prozent stubenrein.«

»Stubenrein?« Mir schießen sofort die Bilder aus Woody Allens Film ›Was ich schon immer über Sex wissen wollte‹ durch den Kopf.

»Ja. Stubenrein!«

Ich trete zur Seite. »Dann kommt mal rein. Herzlich willkommen.«

Aus seinem Rucksack kramt er drei Flaschen Enzian heraus. »Die sind von meinem Vater, selber gebrannt.«

»Klingt gut, stell sie irgendwo in der Küche ab!«

»Weißt du, nicht alle Bayern sind wie die CSU. Ich bin sogar aus der Kirche ausgetreten.«

»Schon gut, kein Problem.«

Ich nehme mir vor, die Gäste nicht miteinander bekannt zu machen. Sie sollen sehen, wie sie klarkommen. Im Flur stoße ich auf Susi, die mit ihrer Besichtigung fertig ist.

»Geile Behausung, hier könnte ich so einziehen«, sie nickt in Richtung Tobi und Hildegard, »was ist das denn für ein Vogel?«

»Keine Ahnung. Er scheint aber in Ordnung zu sein. Ich war mein Lebtag noch auf keiner Party mit einer Ziege.«

»Ich auch nicht.« Susi lacht.

Ich besorge mir aus der Küche noch ein Glas Wein und ihr ein Bier. Gemeinsam begeben wir uns auf die Veranda. Die Haustür kann getrost offen bleiben. Allmählich füllt sich die Bude. Die Gestalten sickern ein wie Eiterbakterien in einen gesunden Organismus. Die meisten Gäste stammen, wie nicht anders zu erwarten, aus meinem eigenen Umfeld, doch ich bin erstaunt, wie viele Fremde meinem Ruf gefolgt sind. Drei Fußballfans im aktuellen Trikot der deutschen Nationalmannschaft mit den vier Sternen bauen sich vor mir auf. Zwischen ihnen steht ein Kasten Bier, auf dem zwei Flaschen Korn liegen.

»Bist du hier der Hausherr?«, spricht mich ein Lockenkopf mit rosigem Gesicht an.

»Wie man's nimmt«, weiche ich aus, »aber ich veranstalte diesen Abend.«

»Das hier ist Max, das Manuel«, er zeigt auf seine untersetzten Kumpels, die noch kein Wort von sich gegeben haben, »ich bin Horst. Können wir uns im Wohnzimmer die Fußballübertragung ansehen?«

»Warum nicht? Tut euch keinen Zwang an. Ihr könnt Freaky zu mir sagen. Werdet ihr mit dem Fernseher zurechtkommen?«

»Klar, wir sind doch schlaue Burschen«, gibt Horst sich selbstbewusst, »nett von dir, Freaky. Später mischen wir uns dann unters Volk.«

Max bückt sich, um den Kasten hochzuheben, dabei rutscht seine Jogginghose herunter und legt den oberen Teil seiner wulstigen, behaarten Kimme frei. Appetitlich ist anders. Zum Glück inspiziert Susi gerade den Garten.

Die Jungs verziehen sich zusätzlich mit noch ein paar Tüten Chips ausgerüstet ins Wohnzimmer. Mit Rücksicht auf die restlichen Gäste schließen sie die Tür. Schießt die Mannschaft, für die sie sind, ein Tor, höre ich sie vor Begeisterung laut grölen.

Gelingt ihrer Elf etwas nicht, kassiert sie ein Gegentor oder der Schiedsrichter leistet sich eine Fehlentscheidung, ertönen jaulende Schmerzlaute der bangen Verzweiflung, bis hin zu vulgären Beschimpfungen, mit denen sie wahrhaftig nicht geizen. Für die drei vor der Glotze herrscht allem Anschein nach Klarheit im Leben. Frei von Zweifeln wissen sie, wo sie hingehören, auf komplizierte Fragen finden sie einfache Antworten, alle Dinge ihres Seins befinden sich am rechten Fleck. Beneidenswerte Kerle. Trotzdem möchte ich nicht mit ihnen tauschen. Ich selber bin noch keine dreißig und entwickele über das Leben samt den Menschen so meine eigenen, zugegebenermaßen eigentümlichen Ansichten. Mich reizt stets, was man nicht soll, das sogenannte Normale ist nichts für mich, das kann jeder. Ich stehe in Brot und Arbeit, zahle Steuern, gehe zu den Wahlen und fahre Auto, das schon. So gesehen bin ich ein richtiger Spießer. Was soll's, mit dem eleganten Weißwein bin ich für heute König.

»Da bist du ja. Ein schöner Gastgeber bist du. Schau, sechs Flaschen Schampus!« Nestor hebt eine Kühltasche mit einem Spiderman-Aufdruck hoch. Er ist um die fünf Jahre älter als ich. Er arbeitet als Investmentbanker, ganz ohne Publikumsverkehr. Unter der Glatze folgt ein blasses Gesicht, das in einem teigigen Doppelkinn endet. In seiner Freizeit steckt er, so wie heute auch, in einem eng anliegenden Spiderman-Kostüm, die Farben Blau und Rot wechseln sich selbstverständlich ab, die schwarze Spinne auf seiner Brust zieht sich zu einer eingedrückten Ellipse auseinander. Er wohnt bei seiner Mutter. Kurz nach dem Tod seines Vaters gab er die eigene Bleibe auf und zog wieder bei Mami ein, wie er sie nennt. Wie jeder sehen kann, bekocht sie ihn gut. Bis auf den Einkauf muss er zu Hause keinen Finger krumm machen. An seinem Gürtel baumelt ein weißes Nylonnetz. Ich habe doch hoffentlich nicht nur vorwiegend Männer mit Übergewicht eingeladen, überlege ich kurz.

»Nestor, schön, dich zu sehen«, ich zeige auf das Netz, »heute wieder die Welt retten?«

»Klar, allzeit bereit. Gäbe es mehr Menschen wie Spiderman, wäre unsere Erde ein besserer Ort. Er ist so selbstlos, einfach der Größte.«

»Was macht die Arbeit?«

»Immer dieselbe langweilige Kacke, aber sie wirft gut was ab.«

»Und nach Feierabend rettest du junge Frauen, überwältigst Bankräuber und Schlägertypen.«

Er grinst verlegen. »Schön wäre es, doch im Moment

fehlt es mir an der optimalen Form, ich bin gezwungen, es ruhiger angehen zu lassen. Momentan genügt es mir, alte Herrschaften über den Zebrastreifen zu bringen oder ihnen am Fahrkartenautomaten zu helfen.«

»'ne Frau in Aussicht?«, ich knipse mit dem Auge.

»Wo denkst du hin? Dafür habe ich nun wirklich keine Zeit. Nach meinem Job als Superheld ist es für mich das Größte, an den Abenden mit Mami auf der Couch zu sitzen und gemeinsam mit ihr meine Comic-Sammlung durchzusehen.«

»Und was ist, wenn du dich mal sexuell entrümpeln musst?«, necke ich ihn, wohl wissend, seine Antwort bereits hundertmal gehört zu haben.

»Freaky, darum geht es im Leben doch nicht. Ich sublimiere wie die katholischen Priester meine sexuellen Energien, um heldenhafte Taten begehen zu können. Es kommt immer nur auf die richtige Einstellung zum Wohle der Menschen an.«

»Dann verstaue deinen Schampus mal im Kühlschrank, bevor er warm wird.«

»Heute werde ich dem Weltschmerz nachgeben und mir einen antrinken. Das Wissen um meine Einsamkeit als Superheld lastet schwer auf mir. Damit hat mein großes Vorbild auch häufig zu kämpfen.«

»Dann bist du hier unter so vielen Leuten aber so was von falsch.«

»Ich will dir nicht zu nahe treten, Freaky, doch das verstehen so durchschnittliche Leute wie du nicht. Sich in einem Pulk von Menschen einsam zu fühlen, war von jeher eine leidvolle Begabung der wirklich großen Geister.«

»Dann viel Spaß dabei. Wir sehen uns, Nestor.« Ich lache ihm hinterher. Ich mag ihn.

»Heißt der wirklich Nestor?« Susi zupft mich am Ärmel, sie ist lautlos hinter mich getreten.

»Ja. Er hat allerdings nichts dagegen, wenn du ihn Spiderman rufst.«

Sie schaut ihm nach, wie er im Haus verschwindet. »So weit käme es noch. Wie der schon geht, wie eine Ente mit Dünnschiss. Woher kennst du ihn eigentlich?«

»Vor vielen Jahren sind wir mal auf unseren Fahrrädern ineinander gerast und mit den Köpfen gegeneinander geknallt.«

»Das erklärt so manches!« Susi versteht es, die Dinge präzise beim Namen zu nennen.

Ich beschließe vorsichtshalber, den Kühlschrank im Keller mit meinem Wein zu bestücken. Auf dem Weg dorthin finde ich Spacey, einen Raver, der dank größerer Mengen Ecstasy, die er sich eifrig durch seine Hirnwindungen geschoben hat, in den Neunzigern stecken geblieben ist. Bei ihm weiß man nie, ob er akut drauf- oder erst gar nicht heruntergekommen ist.

Wie auch immer, sein Bewegungsdrang ist ungebrochen. Bei seinem Job in einem Logistikunternehmen, den er grundsätzlich nur nachts ausübt, kommt ihm diese Wesensart sehr zugute. Spacey tanzt in dem für ihn typischen Stil die Treppenstufen auf und ab. Seine Augen glänzen unter einem magischen Schleier. Einfach nur zu chillen vermag er nicht, er kann nur zusammenbrechen, schon mehrfach habe ich ihn aus einem Krankenhaus abholen müssen.

»Freaky, danke für die Einladung. Eine fette Bude hast du aufgetan. Wo kann ich hier ein bisschen tanzen? Ich habe erstklassigen Rave eines vergessenen Jahrhunderts dabei. Ein merkwürdig arrangiertes Publikum flippt hier herum, ist das Absicht?«

»Ja und nein, ich experimentiere halt gern. Komm, wir gehen nach oben, vielleicht finden wir ja noch ein Zimmer mit einer Stereoanlage. Ins Wohnzimmer kannst du nicht, da hocken Fußballfans.«

»Sag ich doch, seltsame Typen schwirren hier herum. Aber glaub mir, Ecstasy macht so was von tolerant. Mehr noch, es breitet die pure Liebe in dir aus wie einen warmen Strom von Glück, den es sofort zu teilen gilt – und diese Begeisterung übersetzt die Seele in einen nicht enden wollenden Tanz der Derwische, wenn du so willst. Wie gefällt dir mein pinkfarbener Steilhaarschnitt, gegen den die Frisurenvielfalt der Loveparade nahezu eintönig ausgesehen hat?«

»Passt gut zu dir. Die Haare stehen glatte dreißig Zentimeter hoch. Hat nicht jeder. Woher stammt die Schnittverletzung an deinem linken Ohr?«

»Ich mache mir die Haare stets selber. Die Idee dazu ereilte mich nach einem Rave, der über zwei Tage ging. Leider litt ich bei der Ausführung im Morgengrauen unter erheblichen Sehstörungen. Dabei ...«

»Verstehe!« Spacey macht gerade einen Redeflash durch, die Angelegenheit muss verkürzt werden. Entschlossen schiebe ich ihn die Treppe hoch. Das obere Stockwerk ist im Stil einer Galerie angelegt, damit endet auch meine Sachkenntnis. Auf gut Glück klappern wir die Türen ab. In der Mitte des Ganges entdecken wir eine Art Atelier mit einer Staffelei, darin stinkt es nach Ölfarben und Verdünnung. Das angefangene Gemälde zeigt ein Stillleben mit irdenen Vasen und Krügen.

»Wetten, wenn es fertig ist, soll das Bild ›Geile Vasen‹ heißen?«, ist mein Raver-Kumpel überzeugt. Anschließend stolpert er förmlich über die teuer aussehende Stereoanlage. Hier sind wir richtig. Sofort macht er sich an dem CD-Player zu schaffen, aus dem er eine Scheibe herauspult.

»Schau an, Reggae, gar nicht mal schlecht für so einfältige Hausbesitzer. Die machen in ihrer Freizeit bestimmt einen auf Kultur und tagsüber zocken sie in ihrer Firma eiskalt die Beschäftigten ab.« Sein mitgebrachter Silberling verschwindet in dem Schacht.

»Übertreib es nicht mit der Lautstärke, vor allen Dingen nicht mit den Bässen, die Hooligans lauern unter dir!«, ermahne ich ihn.

»Kein Problem. Du hast einfach keine Ahnung. Die Liebe, die meine Musik verströmt, wird die Decken nach unten durchdringen und auch die Fußballjungs ereilen«, gibt er sich zuversichtlich.

»Hoffentlich sehen die Typen in ihren Trikots das ähnlich. Wir sehen uns.« Ich mache die Tür hinter mir zu und überlasse Spacey den Beats. Schon auf den ersten Stufen nach unten vibriert der italienische Marmor unter meinen Sohlen. Das kann ja heiter werden.

Mit einem vollen Glas in der Hand mache ich mich auf die Suche nach Susi. Sie schätzt an mir, dass ich mich so weit unter Kontrolle habe und ihr im Gespräch nicht ständig auf die Brüste starre. So ähnlich hat sie sich mir gegenüber vor einiger Zeit geäußert. Sie liegt richtig, aber sie hat nicht im Geringsten eine Vorstellung davon, wie schwer mir mein tadelloses Verhalten fällt. Das steht nämlich auf einem ganz anderen Blatt. An diesem Abend möchte ich keine Garantie dafür übernehmen, ob nicht der Wein den edlen Ritter in mir vertreibt. Ein in diesen Dingen erfahrener Schauspieler, ich komme gerade nicht auf seinen Namen, soll einmal gesagt haben, die besten Frauen sind immer die, mit denen man nichts hat, die einem genau genommen durch die Lappen gehen. Für mich ein Grund mehr, es mir mit Susi nicht zu verscherzen. Ich sollte mich also am Riemen reißen. Ich kann sie nirgends finden. Im Garten weht mir eine Dame, Anfang sechzig, entgegen.

»Hi, ich bin Cora. Nach den Beschreibungen der anderen Gäste musst du Freaky, ich darf doch du sagen, der Veranstalter dieses wunderbaren Festes, sein.«

»Richtig geraten.«

Ich tue so, als würde ich ihre ausgestreckte Hand übersehen. Die Wolke des billigen Parfums, die sie umgibt, löst bei mir schlagartig Übelkeit mit stechenden Kopfschmerzen aus. Um mich in Sicherheit zu bringen, trete ich zwei Schritte zurück, mit dem Ergebnis, von einem optischen Super-GAU überrollt zu werden. Damit ich die Fassung nicht völlig verliere, sortiere ich die Gruseleinheiten, die mir geboten werden, am besten von oben nach unten. In psychischen Extremsituationen ist es bekanntlich hilfreich, sich mit banalen Orientierungshilfen zu stabilisieren.

Der Kurzhaarschnitt mit engen Locken über dem sich vorwölbenden Stiernacken weiß mit einem Lilastich farblich zu überraschen. Kleine Schweinsäuglein erfassen unter einem türkisen Lidschatten flink die Umgebung. Schmale Lippen, die in fettglänzendem Rosa versinken, formen, wenn man das überhaupt so nennen kann, einen schiefen Mund. Der kompakte Oberkörper wirkt wie nachträglich zusammengestaucht, Hals und Hüfte verteilen sich auf einem minimalen vertikalen Abstand. Ohne sichtbare Änderung der Proportionen schließen sich der Hüfte kurze, stämmige Beine an, knallrote Lackschuhe mit hohen Absätzen stellen den Kontakt zur Erde her. Meine irritierten Augen treten den Rückweg über eine schwarze Nylonstrumpfhose mit Rosenmuster zu dem hoch angesetzten Schlitz auf der linken Seite des altrosa-transparenten Kleidchens an, vorbei an dem im Ansatz zu erkennenden dunkelgrünen Schlüpfer, sie verhaken sich kurz in einem unnötig tiefen Ausschnitt und enden bei der Öffnung, die permanent Worte absondert, denen ich nur bruchstückhaft folge: Sie habe Abitur, arbeite in einer Frittenbude, ihre drei Kinder hätten alle studiert und ihr Mann sei im Krieg gefallen – ich frage mich, in welchem. Die gedrungene Gestalt quetscht sich wie eine Presswurst in das spacke Fähnchen aus Synthetik. Im Gesamten wirkt die Frau wie eine ausrangierte Bordsteinschwalbe. Sie geizt gewiss nicht mit ihren Reizen.

Zu spät beginne ich die Idee meines Internetaufrufs für diese Fete kritisch zu hinterfragen.

»Schau, was ich mitgebracht habe!«

Cora dreht sich zu einem Bierzelttisch um, auf dem acht mit Alufolie abgedeckte Platten darauf warten, ihr Geheimnis zu enthüllen. Begeistert hebt sie die Folie ab, zum Vorschein kommen Berge von unterschiedlich aussehenden panierten Fleischstücken. »Ich wollte nicht mit leeren Händen kommen!«

»Sieht gut aus«, bestätige ich, durchaus gewillt, meinen ersten Eindruck von der aparten Dame zu korrigieren.

»Vielen Dank. Ich habe fast die ganze Nacht am Herd gestanden«, erklärt sie und stopft sich einen Happen in den Mund. Dabei gibt der nur nachlässig aufgetragene Lack in Hellblau den Blick frei auf schwarze Dreckränder unter den Fingernägeln. Im Nullkommanichts kehre ich zu meiner initialen Einschätzung zurück und beschließe, nichts von diesen Platten anzurühren.

»Vorzüglich!«, schwärmt Cora laut schmatzend von ihrer Kreation, »möchtest du nicht auch mal kosten?«

»Später vielleicht, ich habe eben erst Käse zum Wein gegessen. Sieht wirklich lecker aus.«

»Und schmeckt noch viel besser«, gurrt sie, »es ist so schön, mit jungen Menschen zu feiern, ich bin schon ganz gespannt, ich will einfach mit allen ins Gespräch kommen.«

»Tu dir keinen Zwang an, meine Gäste sind ganz aufgeschlossene Persönlichkeiten, es dürfte dir ein Leichtes sein, Kontakte zu knüpfen. Viel Erfolg dabei. Bitte entschuldige, ich muss mich noch um den Rest des Publikums kümmern«, ergreife ich die Gelegenheit, sie stehen zu lassen. Laotse sagt: ›Mach süß seine Speise, und schön seine Kleidung, friedlich seine Wohnung und fröhlich seine Sitten.‹

Cora wird von mir ermuntert, in der bunten Truppe willkürlich auf Raubzug zu gehen. Eine interessante Mischung braut sich zusammen. Ich denke da so an Spiderman, Spacey, Hildegard und so weiter. Äußerst gelungen, wie ich finde. Der Abend lässt sich unter diesem Blickwinkel betrachtet doch gut an. Mal sehen, was für marodierende Orks noch hereinschneien werden – und das mitten im Sommer! Ganz bewusst verzichte ich darauf, auf die Uhr zu sehen, abgesehen davon würde es an diesem Abend auch keinen Sinn ergeben, zu wissen, wie spät es ist. Für die gravierenden Veränderungen im menschlichen Sein ist es entweder viel zu spät oder nie zu spät. Ich werde zulassen, was sich ergibt, und ohne Gegenwehr gelassen im Strom der Ereignisse treiben. Schade eigentlich, dafür einen künstlich gesetzten Rahmen wie diesen zu benötigen.

So weit die Theorie. Ich pendele in dem rasenden Mob hin und her, beteilige mich an Gesprächen, aber in erster Linie beobachte ich und höre zu. Es fasziniert mich, was passiert, wenn Personen sich gehen lassen und aus welchen Gründen auch immer dabei sind, die Kontrolle über ihr Verhalten zu verlieren. Dennoch befürchte ich, entgegen allen philosophischen Lockungen ist nichts so simpel wie das Leben selbst. Oder?

Mehr und mehr werden sämtliche Räume des Hauses genutzt und im Sinne der Party verwüstet, die drei Bäder mit eingeschlossen. In einem lädt der Whirlpool dazu ein, bestiegen zu werden. Das Schwimmbecken im Garten wartet nur darauf, die ersten übermütigen Gesellen zu erfrischen. Zwischen fünfzig und hundert Personen besiedeln inzwischen das Anwesen. Auf dem Trampolin hüpfen ein paar Wagemutige ungeübt auf und ab, sie purzeln übereinander, lachen, rappeln sich auf, nur um der nächsten Bruchlandung entgegenzuspringen. Geil! Ich bin zufrieden.

Treffen Paare ein, trennen sich im Trubel der Feier rasch ihre Wege. Als befolgten sie die Gesetze der Fliehkraft, stehen nach kurzer Zeit die Frauen mit Frauen zusammen und die Männer mit Männern. Im Garten hocken zwei Kerle, die ich noch nie zuvor gesehen habe, auf einer Bank zusammen und unterhalten sich angeregt in einem Kauderwelsch, das irgendwie französisch klingt.

Doch die beiden scheinen sich nicht besonders gut zu verständigen, sie gestikulieren wild, schreien nahezu, um sich vermeintlich klarer auszudrücken, was den Dialog, wenn es denn einer ist, noch komplizierter macht. Glaubt einer den anderen verstanden zu haben, erfolgt ein bedeutsames Nicken mit dem Kopf, das mit einem großzügigen Schluck aus einer Flasche Brandy zusätzlich besiegelt wird. Ich setze mich ein paar Meter entfernt von den beiden ins Gras und folge amüsiert dem interessanten Schauspiel. Bei dem Tempo, das die Jungs mit dem Schnaps einschlagen, werden sie nicht mehr allzu lange durchhalten. Ihre schweren Zungen geben die mir unbekannte Sprache nur noch verwaschen wieder.

Johannes walzt auf mich zu, mit einem nicht zu überhörenden Platscher lässt er sich neben mir nieder. »Hast du mal den Kram probiert, den diese Cora, im Übrigen ein aufdringliches Weib, mitgebracht hat?«, fragt er mich, vor Enttäuschung schnaubend.

»Nein«, antworte ich wahrheitsgemäß mit einer Unschuldsmiene.

»Also, ich sag's dir. Hungrig, wie ich bin, mache ich mich über die Platten her. Vor Freude über die verschieden anmutenden Fleischstücke läuft mir das Wasser im Mund zusammen. Um nicht total gierig zu erscheinen, lege ich mir von jeder Sorte einen kleinen Happen auf den Teller.«

»Klingt vernünftig und lecker«, unterbreche ich ihn.

»Von wegen. Die ganzen Dinger schmecken alle gleich,

wie geölte Pappe und doch nach nichts. Die groben Fasern konnte ich mit meinen Zähnen nicht zerkleinern, kannst du dir das vorstellen?«

»Ist nicht wahr. Das Zeug sah doch so gut aus«, stelle ich fest.

»Mehr aber auch nicht. Zuerst dachte ich noch, ich hätte lediglich ein zähes Stück erwischt, aber nein, die Brocken beißen sich allesamt gleich schlecht, können nicht zerkaut werden. Der Fraß ist ungenießbar. Ich habe es nicht über mich gebracht, den Dreck herunterzuschlucken. Die Klumpen sind aus meinem Mund direkt ins nächste Gestrüpp gewandert. Und wenn es ums Essen geht, bin ich nicht empfindlich.«

»Das glaube ich dir ungesehen. Was sagen denn die anderen?«

»Denen ging es genauso wie mir. Jetzt stehen die überladenen Platten unberührt in der Sonne. An die geht keine Sau mehr ran.«

»Halte dich an die Salami und die Brote. Wäre Cora eigentlich nichts für dich?«, ziehe ich Johannes auf. Lachend haut er mir auf die Schulter.

»Nein, schon gut, lass mal stecken, Alter. So tief bin ich noch nicht gesunken.«

»Ich dachte ja nur.« Ich gebe mir Mühe, wie eine Märchenfee zu grinsen. Er drückt sich hoch. Auf dem Weg ins Haus zeigt er mir den Mittelfinger. Ihm kann man aber auch gar nichts recht machen.

Apropos Essen. Wir Menschen sind seltsame Wesen. Das herrlichste Sterne-Menü verwandeln wir mir nichts, dir nichts in einen stinkenden Batzen Scheiße. Na ja, aber wer will das außer mir schon so genau wissen?

Die zwei Betrunkenen auf der Bank sind auf dem Boden der Brandyflasche angelangt. Der Disput in der ihnen eigenen Kommunikation nähert sich dem Ende. Plötzlich vernehme ich eine halbwegs verständliche Frage auf Englisch. »You come from the USA?«

»Yes, indeed.«

»Ah, you are a Yankee motherfucker. Sag das doch direkt!«

Der so Angesprochene taumelt von der Bank hoch und versucht seinem noch sitzenden Nebenmann eine zu verplätten. Doch der Schwung des versuchten Schlages bringt ihn aus dem Gleichgewicht und er landet im Gras. Soll mal einer sagen, sich mit Schnaps volllaufen zu lassen habe nicht auch etwas Gutes an sich. In dem vorliegenden Fall sind die Auswirkungen des Alkohols sogar friedenserhaltend. Der Ami bleibt fluchend am Boden liegen. Sein deutscher Kumpan, davon gehe ich jetzt mal aus, wankt zum nächsten Tisch, dort greift er sich ohne zu fragen eine offene Flasche Roséwein.

Die Leute, die dort sitzen, erheben keinerlei Protest, gespannt verfolgen sie wie ich seit einigen Minuten die bühnenreife Aktion. Der Deutsche hält dem sich noch immer in der Horizontalen befindlichen Ami die Flasche an den Mund, als wolle er ein Baby füttern.

»Nu komm, war nicht so gemeint, das war einfach nur so dahergesagt. Du bist doch ein guter Kerl«, lallt er. Jetzt, da er sich einem Amerikaner gegenübersieht, hält er den frankophonen Slang nicht mehr für angebracht. Was ihn allerdings dazu treibt, Deutsch statt Englisch mit seinem Kumpel zu sprechen, erschließt sich mir nicht. Der Ami nuckelt brav wie ihm geheißen an dem Wein, wobei mehr als die Hälfte danebenläuft.

»Weißt du was«, mein Landsmann streckt sich ebenfalls auf der Wiese aus, »ich bleibe solange neben dir liegen, bis du wieder aufstehen kannst. Freunde müssen doch zusammenhalten!«

Wenn das keine Völkerverständigung auf höchstem Niveau ist! Die Leute von dem Tisch mit dem Roséwein applaudieren. Die Sonne sticht unvermindert vom Himmel, Schweiß rinnt mir den Nacken hinunter. Ein kühler Schluck wird mir guttun.

Drinnen im Haus belagern die Gäste bereits die Flure, die sich aufgrund der Steinfußböden und Treppen lange nicht so aufheizen wie die Räume an sich. Mit meinem gefüllten Glas komme ich an Björn vorbei. Er ist so etwas wie ein Journalist. Für ein paar namhafte Zeitungen aus der näheren Umgebung schreibt er Kolumnen, unter anderem ließ er sich auch mal über ein von mir gestaltetes Cover aus, das er von vorne bis hinten verriss. Auf dem Weg lernten wir uns kennen. Björn sieht auf keinen Fall skandinavisch aus. Seine braunen Locken pappen an einem Kopf, der die Form einer Kartoffel aufweist. Ich denke, er wird ein paar Jahre älter sein als ich. Um seinen Intellekt herauszukehren, trägt er stets ein Hemd mit Fliege und darüber einen dunkelblauen Pullunder, auf dem sich die von seinem Schädel heruntergerieselten Schuppen farblich besonders gut abheben. Es läuft halt nicht immer alles glatt.

Er ist überzeugter Whiskytrinker, was ihn mir wiederum sympathisch machen könnte. Die torfigen Single Malts von der Insel Islay, dem geheiligten Boden der Whiskybrenner, schätzt er ganz besonders. Björn liebt es, andere Menschen seine geistige Überlegenheit spüren zu lassen. Er ist wahrhaftig so belesen wie ein Lachs fett, bevor er sich zu seinem Geburtsgewässer aufmacht. Vor dem Hintergrund wundert es mich nicht, ihn mit Doris, einem Klappergestell von Frau, die seit Jahr und Tag irgendwelche Beruhigungspillen einwirft, im Gespräch vorzufinden.

Ich frage mich, so ganz nebenbei, ob man auch mit dem Verstand ejakulieren kann. Unaufgefordert stelle ich mich zu den beiden.

»Whisky trinkt man am besten alleine, heute mache

ich eine seltene, sehr seltene Ausnahme. Wenn Whisky in meinen Mund hineinläuft, rolle ich ihn hin und her, ich gestatte ihm, sich auf meiner Zunge breitzumachen, wie einem guten Rotwein. Im Übrigen bin ich der Auffassung, dass Whisky herzustellen der Weinproduktion durchaus gleicht. Beide Formen bemühen sich, die Begebenheiten der Böden, der Luft, des Wassers samt den Eigenschaften der entsprechenden Region in dem jeweiligen Getränk einzufangen. Doch das ist nur meine laienhafte Meinung«, doziert er. Schon der Tonfall, mit dem er bescheiden klingen möchte, verrät seine eigentliche Ansicht über sich selber.

Doris hört ihm andächtig zu, in ihrem Kopf scheint sie allerdings nicht anwesend zu sein. Ihr wortloses Nicken deutet Björn als Aufforderung, seinen genialen Vortrag wieder aufzunehmen.

»Die immer wieder gemachte Erfahrung, eine Flasche Single Malt zu öffnen, gleicht der Begegnung mit dem Göttlichen. Ganz im Ernst, aber woher sollst du wissen, wovon ich spreche.« Mit einer Kunstpause unterbricht er sich selber, um den herablassenden Stich in Richtung absolut wehrloser Doris genießen zu können.

»Leert sich die Flasche dann unweigerlich, so wie es ihrem Schicksal entspricht, das sie, wie wir alle, vollenden muss, stellt sich bei mir jedes Mal ein Verlustgefühl ein, dass der Trauer um einen nahen Verwandten erschreckend ähnlich ist. Ich habe bei besonders teuren Malts sogar schon Tränen vergossen.«

Jetzt, wo er die Pfeile seiner Brillanz fürs Erste verschossen hat, erlaubt er sich, mich zu bemerken.

»Freaky, danke für die Einladung«, jovial lässt er seinen Blick über die Gäste kreisen, »gratuliere zu dem schönen Fest.«

»Freut mich, wenn es dir hier gefällt«, entgegne ich ihm mit meiner Standardfloskel.

»Das ist doch nicht dein Haus, oder?«

»Du weißt genauso gut wie ich, dass es nicht mir gehört.«

»Und doch gibst du eine Party in dem Gebäude!«

»Stimmt.« Ich belasse es dabei, ihn nicht tiefer einzuweihen. Doris sagt noch immer kein Wort. Mit halb geschlossenen Augen steht sie an die Wand gelehnt.

An jedem ihrer dürren Handgelenke baumelt eine Uhr. Soviel ich weiß, futtert sie ausschließlich Rohkost und hört den lieben langen Tag Countrymusik. In ihren bunt zusammengewürfelten Klamotten, die sie allesamt in einem Secondhandladen kauft, sieht sie wie eine faltige Ausgabe von Pippi Langstrumpf aus. Ferner glaubt sie in absehbarer Zeit von einem Alien des Planeten Umir geschwängert zu werden. Ob sie einer geregelten Arbeit nachgeht, vermag ich nicht zu sagen.

Rick kommt gerade von der Toilette, er bleibt neben mir stehen. »Freaky, hier steckst du also.«

Die Herrschaften begrüßen sich. Doris hebt schlaff ihre Hand.

»Freaky, wo ist eigentlich Marina, deine Perle?«, lässt Björn sich die Gelegenheit nicht entgehen, wohl wissend, dass sie mich vor ungefähr einem Jahr verlassen hat.

»Wer ist Marina? Von der hast du mir nichts erzählt«, schluckt Rick prompt den ausgelegten Köder. Ich weiß bis heute nicht, wie Björn von dieser Geschichte erfahren konnte. Zum Glück kann ich mittlerweile selber darüber lachen. Um meinem Widersacher nicht den Triumph zu gönnen, sie in epischer Breite mit vielen Ausschmückungen zusätzlich gewürzt präsentieren zu können, füge ich mich in die unvermeidliche Rolle des Geständigen. Doris hört sowieso nicht zu, und Rick neigt dazu, nach einem Vollrausch, den ich mich nun gezwungen sehe, ihm zu verpassen, unter erheblichen Gedächtnislücken zu leiden.

»Du bist ja erst seit Kurzem wieder in der Stadt. Mit Marina war ich beinahe zwei Jahre zusammen, bis sie mit einem Aborigine durchbrannte.«

»Mit einem Aborigine«, wiederholt Rick ungläubig, »wo hat sie den denn kennen gelernt?«

Björn reibt sich zufrieden die Hände. In freudiger Erwartung leckt er sich über die Lippen. »Sie ist ihm nicht direkt, nicht im herkömmlichen Sinne begegnet.«

»Was soll das denn heißen?« Rick kommt nicht so recht mit.

»Er ist sozusagen telepathisch mit ihr in Verbindung getreten.«

»Wie bitte? Gleich behauptest du noch, von Australien aus!« Rick reißt ungläubig die Augen auf.

»So ist es.«

»Du redest doch Quatsch. Du willst mir einen Bären aufbinden!«

»Nichts liegt mir ferner. Ich sage dir, wie es gewesen ist, danach kannst du von der Sache halten, was du willst. Mitten im Sex, Marina saß auf mir, vernahm sie seinen Ruf nach ihr telepathisch. Unverrichteter Dinge stieg sie von mir herunter. Mit der Begründung ›Mir ist gerade eben der Mann meiner Träume erschienen‹ ließ sie buchstäblich alles stehen und liegen. Seitdem habe ich nichts mehr von ihr gehört.« An dieser Stelle grient Björn, als sei er auf Heroin.

»Du verarschst mich?« Rick kann das Gehörte nicht fassen.

»Nein, ganz bestimmt nicht, so ist es gewesen. Darauf sollten wir zur späteren Stunde einen heben«, stelle ich ihm in Aussicht.

»Das machen wir«, stimmt er zu, »voll krass, die Story.« Kichernd trabt er in Richtung Garten.

Laotse sagt: ›Sind die Waffen stark, so siegen sie nicht, sind die Bäume stark, so werden sie gefällt.‹ Ich lasse Björn einfach stehen. Stattdessen folge ich Doris, die wie eine schlaffe Nudel zur Küche eiert.

»Hat von euch einer die Nummer von einem Taxi im Kopf?«, nuschelt sie unbestimmt in die Runde.

»Fünfmal die Zwei, die Reihenfolge wird nicht verraten!«, ruft ein Scherzkeks, den ich heute zum ersten Mal sehe.

»Was soll das denn heißen?« Doris überlegt krampfhaft, findet aber keine Möglichkeit, den Schleier, den die Pillen über ihre Gedanken legen, zur Seite zu schieben. Ohne ihn zu fragen, lässt sie sich auf dem Schoß von Tobi nieder und kuschelt sich an seine Brust. Unsicher streichelt er ihr über den knochigen Rücken. Hildegard schaut sich die beiden an, erhebt aber keine Einwände. Wenn das kein guter Anfang ist.

Wo sich Susi nur herumtreibt? Auf gut Glück steuere ich das Wohnzimmer an. Der Fernseher ist aus, die Fußballfans sind verschwunden, nur eine Lage zertretene Chipskrümel auf dem Boden bezeugt ihre vorige Anwesenheit. Zu meiner Überraschung treffe ich auf das ältere Ehepaar aus dem Hut- und Mützengeschäft der Stadt. Traurig sitzen sie bei zugezogenen Vorhängen auf der Couch nebeneinander. Sie erinnern sich an mich, hin und wieder kaufe ich eine Schlägermütze bei ihnen. Sie passen so gar nicht zu dem üblichen Partyvolk, das dieses Gemäuer unsicher macht.

»Das ist aber eine Überraschung, was machen Sie denn hier?«, begrüßt mich der Mann. Sein Bauch wölbt sich beachtlich nach vorne, die grauen Haare trägt er streng nach hinten gekämmt, seine bleiche Gesichtshaut sieht aus, als stecke eine schleichende Krankheit in ihm.

»Ich gebe diese Fete hier.«

»Gehört Ihnen etwa dieses Haus?«, sein ungläubiges Erstaunen vermag er nicht zu verbergen.

»Nein. Ich bewache es nur für die Besitzer. Sie sind im Urlaub. Gegen die Feier haben sie nichts«, teile ich ihm mit. Das stimmt zwar nicht so ganz, erspart mir jedoch unnötige Nachfragen.

»Verstehe.« Er greift nach einer Flasche Obstler vor ihm auf den Tisch. Er gießt sich und seiner Frau ein Glas ein.

»Auch einen?«

»Nein, danke, ich halte mich an Wein.«

»Wissen Sie, seit heute steht fest, dass wir unser Geschäft schließen müssen. Wir können die drastisch angehobene Miete nicht mehr aufbringen. So viel wirft der Laden halt nicht ab«, erklärt die Frau mit brüchiger Stimme. Tränen verschmieren die Wimperntusche, schwarz gefärbte Locken fallen ihr über die Schultern, selbst in diesem Zustand wirkt sie auf eine gewisse Art elegant. Sie hat Stil und versteht es noch im Alter, einen Typ aus sich zu machen. Für einen kurzen Moment stelle ich mir vor, wie sie in meinem Alter ausgesehen haben mag.

»Das tut mir leid.« Mehr fällt mir dazu nicht ein. Ich setze mich ihnen gegenüber in einen Sessel. Ein paar aufmunternde Worte können nichts schaden, oder einfach nur zuhören.

»Seit 35 Jahren verkaufen wir Kopfbedeckungen und nun soll nach einem lächerlichen Ausverkauf Schluss sein. Können Sie sich das vorstellen?« Die Frau schaut mir in die Augen, als hätte ich eine Lösung parat.

»Das kann ich leider nicht, ich bin selber noch nicht so alt.«

Die Frau sinkt enttäuscht in sich zusammen. »Jahrein, jahraus standen wir in dem Laden, mit bloß zwei Wochen Urlaub in den Sommerferien, ansonsten blieb das Geschäft nur an Sonn- und Feiertagen geschlossen. Hüte zu verkaufen ist für mich so natürlich wie zu atmen«, führt der Mann weiter aus.

»Für unsere Kinder und Enkel ist der Laden ein fester Bestandteil ihres Lebens«, ergänzt die Frau.

»Wir werden sogar in eine kleinere Wohnung umziehen

müssen, damit die Rente reicht«, legt der Mann verbittert dar. Wieder kippen sie einen Obstbrand. Sollen sie sich doch die Kante geben, sie haben allen Grund dazu.

»Wie sind Sie eigentlich auf die Idee verfallen, meine Party aufzusuchen?«, versuche ich das Thema zu wechseln. Ich bleibe beim »Sie«, das plumpe »Du« scheint mir dem unschönen Anlass entsprechend nicht angebracht zu sein.

Die Frau räuspert sich. »Das verdanken wir einem unserer Enkel. Er stieß zufällig im Internet auf Ihre Einladung. Er sagte, da veranstaltet ein Irrer eine total bekloppte Party irgendwo im Viertel der Reichen. Dann nannte er die Adresse, die ich mir ohne besonderen Grund einprägte. Heute war mir nach all den schlechten Wendungen danach, einfach etwas Verrücktes zu machen. Ich überredete meinen Mann, der sich zunächst energisch gegen meinen Vorschlag sträubte. Und jetzt sind wir hier, mit unseren letzten Vorräten an Obstler. Ich will heute feiern, als gäbe es kein Morgen mehr.«

Zack, hauen sie erneut zwei Schnäpse weg.

»Tun Sie sich keinen Zwang an«, ich erhebe mich, »ich muss mal wieder los, nach dem Rest der Bande sehen.«

»Junger Mann, wir haben hier doch nichts zu befürchten, oder? Nicht alle Gäste sehen vertrauenerweckend aus.« Die Frau ist aufgestanden und hält meinen Arm fest.

»Wohl kaum, die sind, soweit ich das beurteilen kann, allesamt harmlos. Aber zur Not wird Spiderman Sie retten, da bin ich mir ganz sicher.«

»Noch eine Bitte«, der Mann druckst herum, »meinen Sie, wir könnten uns die Sendung mit der Volksmusik im Fernsehen anschauen?«

»Da spricht nichts dagegen, vorausgesetzt, Sie kommen mit dem Gerät zurecht.«

»Das werden wir«, die Frau schnappt sich die Fernbedienung, »wissen Sie, von oben drang vorhin ganz grässliche

Musik zu uns.« Der Raver ist momentan nicht zu hören, wo mag er abgeblieben sein?

»Legen Sie los. Wir sehen uns später.« Damit überlasse ich die älteren Herrschaften ihrem Glück – oder auch nicht.

Ich schlängele mich zwischen den menschlichen Körpern hindurch. Mir gefällt die Idee, das Haus systematisch von oben nach unten zu durchkämmen, mal sehen, was so abgeht. Ein Tumult an der Haustür hält mich von meinem Plan ab. Neugierig eile ich zum Ort des Geschehens.

Der Eingang steht sperrangelweit offen. Felix, ein Kumpel von mir, er trägt wie immer sein obligatorisches Ernie-und-Bert-T-Shirt, Rick, die drei Hooligans und Hildegard, die drohend ihren Kopf gesenkt hält, verteidigen den Durchgang gegen einen weiblichen und einen männlichen Hungerhaken, die unbedingt hinein wollen.

»Was ist denn hier los?«, schalte ich mich in den lautstarken Streit ein. Manuel zeigt mit dem Finger auf die erbärmlichen Gestalten.

»Die wollen hier rein, sieh mal, wie die aussehen, und stinken tun sie auch.«

Entschlossen gehe ich auf die Eindringlinge zu. Die beiden leben eindeutig auf der Straße, so viel steht mit einem Blick fest. Ob sie die zwanzig bereits überschritten haben, wage ich zu bezweifeln. Gegen den Zustand ihrer Erscheinung wirken selbst heruntergekommene Punks wie sauber geschrubbte Prinzen aus einem kitschigen Märchenfilm. Der Geruch, den sie verströmen, erinnert an verschimmelten Käse mit einem Klecks Gülle. Ich pralle zurück, bleibe ihnen aber dennoch nahe genug, dass mir die untertassengroßen Pupillen nicht entgehen. Amphetamine, aha!

»Was hast du Wichtigtuer denn hier für eine Funktion?«, geht das Mädel sofort tapfer zum Angriff über. Ihre Einstellung gefällt mir.

»Ich bin der Chef.«

»Stammt diese Einladung aus dem Netz von dir?« Der Junge hält mir zum Beweis mit ausgestrecktem Arm ein Smartphone unter die Nase, dessen völlig gesplitterter Touchscreen nur verschwommene Farbstreifen hergibt.

»Stimmt«, bestätige ich, von einem plötzlichen Einfall getrieben, obwohl ich rein gar nichts erkennen kann, »ihr könnt mitmachen, unter einer Voraussetzung, ihr duscht!«

»Wie denn, auf der Straße?«, fragt der Junge verwirrt.

»Nein, hinter dem Haus, direkt unter dem Badezimmer.«

»Ich ziehe mich doch nicht vor den geilen Böcken da nackt aus!«, empört sich das Mädchen.

»Musst du auch nicht. Im ersten Waschgang bleiben die Klamotten bis auf die Schuhe, wo sie sind. Danach beschaffe ich euch Bademäntel, die ihr im Gartenhäuschen überzieht, von dort geht es nach oben zu einem Schaumbad in die Wanne.«

»Unsere Sachen wollen wir aber wiederhaben, wenn sie trocken sind!«, bestimmt der Junge, dem unten zwei Schneidezähne fehlen.

»Nichts da. Die Fetzen fliegen sofort in den Müll. Die kann man noch nicht mal mehr als Scheuerlappen verwenden, danach wäre jeder Boden dreckiger als vorher«, bleibe ich hart, »ja oder nein?«

Nach einer längeren Beratung, die von den beiden flüsternd abgehalten wird, stimmen sie meinen Auflagen zu.

»Na also, geht doch«, ich gebe mir Mühe, nicht allzu freundlich zu klingen, »wie heißt ihr eigentlich?«

Das Mädchen weist auf ihren Freund. »Das ist Opossum und ich bin Mulle.«

»Gleich sagst du noch, Mulle wie der Nacktmull aus den unterirdischen Gängen in Ostafrika?«, versuche ich zu kontern.

»Ganz genau«, ein Lächeln huscht über ihr Gesicht, »du bist ja ein ganz Schlauer.«

Mir gefällt es, mit meiner mäßigen Allgemeinbildung glänzen zu können, ärgerlich nur, dass Björn nicht in der Nähe ist.

»Das sind aber keine richtigen Namen«, halte ich dagegen.

»Die brauchen wir nicht mehr. Die haben wir aus Protest gegen den Neoliberalismus abgelegt«, gibt der Junge, Opossum, kund.

»Dann seid ihr hier genau an der richtigen Adresse.«

Ich wende mich an die Leute hinter mir. »Felix, montiere den Gartenschlauch oben im Bad an den Armaturen, damit wir warmes Wasser haben.«

»Wird erledigt. Siehst du, die Wahrheit liegt wieder mal bei meinen Freunden hier«, er zeigt stolz auf Ernie und Bert, »sie leben uns vor, wie man Konflikte beilegt und Kompromisse gefunden werden können, gegen die kann Harry Potter nicht anstinken.«

Ich könnte mich ohrfeigen, Felix für eine Aufgabe eingespannt zu haben, jetzt dürfte es schwierig werden, seinen weisen Belehrungen für den Rest des Abends zu entgehen. Gegen ihn sind Klinken putzende Bibelfanatiker kurz angebunden wie ein Postbote in Eile.

»Ihr drei«, ich weise auf die Fußballjungs, »bringt die Neuankömmlinge hinters Haus, lasst sie nicht aus den Augen!«

»Keine Sorge, wir passen auf!«, gibt Manuel dienstbeflissen zurück.

»Abmarsch!«, befiehlt Horst Mulle und Opossum, wobei er eine stramme Körperhaltung einnimmt. In sicherem Abstand führt die Fußballgang die beiden um das Haus herum. Hildegard übernimmt aufmerksam die Nachhut. Wie blindlings sie meinen Auftrag ausführen. Über Menschen bestimmen zu dürfen, die sie im Niveau unter sich sehen, wertet offensichtlich ihre Persönlichkeiten auf. Das alte Spiel, nach oben ducken und nach unten treten. Ich zwinge mich dazu, die düstere Nabelschau zu beenden. Ich flitze die Treppe hoch, um Bademäntel aufzutreiben. In dem hinteren Badezimmer finde ich, was ich suche. Seife und Shampoo packe ich dazu, Gummischlappen können nichts schaden.

Als ich hinter dem Haus ankomme, stehen die Straßenkinder bereits unter dem Wasserstrahl. Die Hooligans johlen vor Begeisterung, was wiederum weitere Zuschauer auf den Plan ruft. In braungrauen Strömen löst sich der erste Schmutz. Nach drei Durchgängen begleite ich das triefende Paar zum Gartenhaus, Zeit, die Klamotten loszuwerden. Nun riechen sie nach einem Kuhfladen mit Vanillenote.

Opossum verlässt in einem braunen Bademantel aus Frottee als Erster die Laube, gefolgt von Mulle, die in dem himmelblauen Umhang regelrecht versinkt, sie stolpert in den Schlappen, die ihr drei Nummern zu groß sind. Unter den Pfiffen der Umstehenden führe ich sie zu dem Bad im oberen Stockwerk.

Ich lege für jeden leichte Sommerkleidung vor die Tür und harre mit einem Glas Wein, das ich mir redlich verdient habe, der Dinge, die da kommen. Rick kann ich zu einem starken Cuba Libre überreden. Cora irrt auf der Suche nach Anschluss umher, der Verlockung ihrer Kochkünste verfällt niemand mehr. Spiderman übt zwischen den Bäumen das Schwingen mit dem Netz. Leise und doch gut verständlich erklingt ein Alpenschlager, bei dem sich alles in schönsten Reimen um die selbstverständlich ewige Liebe dreht. Wenn das kein gelungener Abend ist!

Eine Dame, locker einen Kopf größer als ich, läuft mit einem Mikrofon in der Hand umher. Ihr folgt ein Typ, dessen Frisur an einen geschorenen Pudel erinnert. Er trägt einen Lautsprecher. Die Frau macht unverkennbar einen auf Conférencier. Sie hält willkürliche Ansprachen, versorgt das Volk mit Witzen, über die keiner lacht, und denkt sich allerlei dümmliche Spiele aus, zu denen sie die Gäste motivieren zu können glaubt. Unermüdlich streicht sie trotz beständiger Hitze durch Haus und Garten, ihre Frustrationstoleranz scheint keine Grenzen zu kennen. Aufgepeitscht von einem, wie ich annehme, tief sitzenden Minderwertigkeitskomplex treibt sie ihr Selbstdarstellungsbedürfnis gnadenlos über den Punkt hinaus, an dem sie sich lächerlich macht.

Ich habe die Maid nie zuvor gesehen, doch auf den ersten Blick stufe ich sie in die Kategorie »Distanzschönheit« ein. Will sagen, zunächst starren wir Kerle dieser Sorte Frau hinterher, doch je mehr man sich ihnen nähert, desto augenscheinlicher treten die Makel hervor.

»Hallo, ich bin Sheila, die Superbiene in dem schönen Kleid«, wiederholt sie gebetsmühlenartig, um sich die Aufmerksamkeit der Leute zu sichern. Doch die meisten drehen sich bereits genervt weg, sobald die selbsternannte Moderatorin aufkreuzt.

»Ich freue mich riesig, dass ihr so zahlreich von nah und fern erschienen seid. Danke, Freaky, für dieses tolle Fest. Ich habe weder Kosten noch Mühe gescheut, damit dies für dich ein unvergesslicher Abend wird. Ich habe super Spiele vorbereitet, unter anderem eine Karaoke-Hitparade, eine kleine, aber feine Tombola und natürlich jede Menge Überraschungen, die ich erst im Laufe dieser bezaubernden Nacht preisgeben werde. Ich komme jetzt herum und jeder von euch kann in einem kurzen Interview mit mir ein Statement abgeben, wie gut es ihm auf dieser einzigartigen Party gefällt.«

Wie es der Teufel will, kommt sie direkt auf mich zu. Das angeblich so schöne Kleid stellt sich als ein viel zu eng sitzender eierschalenfarbener T-Shirt-Fummel heraus. Die Proportionen der hoch aufgeschossenen Dame fallen nicht ganz so günstig aus. Auf leicht gekrümmte Schienbeine folgen stämmige Oberschenkel, was den Schritten in ihren hochhackigen Schuhen jegliche Anmut raubt. Den dezenten Hüftring pushen die Furchen des dort ungünstig minimal bemessenen Kleides. Anders ergeht es dem Busen, der sich platt nach unten drücken lassen muss. In dem Schrumpfschlauch sieht sie aus als wäre sie in Folie vakuumiert. Wie ich finde, eine fragliche Art sexy wirken zu wollen. Die leicht nach oben weisende Nase fällt etwas zu lang aus, was an sich nicht weiter störend würde, träten dadurch nicht enorme Nasenlöcher zum Vorschein. Die Lippen sind wohlgeformt, gegen sie gibt es nichts zu sagen. Leider legen sie beim Sprechen schiefe Zahnreihen frei, die von rechts nach links kürzer verlaufen. Die grünen Augen passen eher zu einem Huhn, die Haare schaukeln in erschlaffenden künstlichen Wellen. Der Schnitt ist raus, wie es so treffend heißt. Der Kopf geht so, das rechte Ohr steht etwas weiter ab.

Sie hält mir das Mikro hin. »Hallo, junger Mann, möchtest du den anderen super Gästen mitteilen, was dich hierhergetrieben hat und wie es dir gefällt?«

»Ich bin zum ersten Mal in dieser Stadt, kenne hier niemanden und bin sehr zufrieden.«

Diejenigen, die wissen, wer ich bin, brechen in Gelächter aus, was Sheila keine Sekunde aus dem Konzept bringt.

»Eine besondere Ehre wäre es für mich, wenn ich dem Veranstalter persönlich danken dürfte«, setze ich noch einen drauf.

»Sobald mir Freaky über die Füße läuft, schicke ich ihn zu dir. Mal hören, was die anderen zu sagen haben«, wie eine Reporterin dreht sie sich um und wendet sich den Umstehenden zu, die kaum noch an sich halten können, »einen Riesenapplaus für unseren ersten Gesprächsteilnehmer!«

Der nun einsetzende Beifall kann sich hören lassen. Ich schaue Sheila nach. Das Kleid klemmt zwischen den flachen Pobacken fest. Unbeirrt sucht sie sich ihre nächste Beute aus. Ich verdrücke mich in die Küche, ein Weißbrot mit Salami käme mir recht. Die Hungerhaken sitzen neben Johannes am Tisch und schlagen sich den Bauch voll.

Lächelnd setze ich mich dazu. Opossum steckt in einem Tennisdress, der ihm an allen Ecken und Enden viel zu groß ist, ihm aber dennoch eine vornehme Note verleiht.

Mulle sieht in dem geblümten Kleid wie ein Schulmädchen aus. Schwer legt sich der Duft von Sandelholz, den beide inzwischen verströmen, auf die ausgebreiteten Fressalien vor ihnen. Johannes staunt nicht schlecht über das Fassungsvermögen des Pärchens, verstohlen betrachtet er seinen eigenen Bauch, der die Knie unter sich begräbt. Wahllos stopfen sie, was ihnen in die Quere kommt, in sich hinein. Brot, Käse, Wurst, Chips, Schokoriegel, Erdnüsse, Kekse, Gurken, Tomaten, Weinbrandbohnen. Die wüste Mischung spülen sie mit kräftigen Schlucken Bier in das schwarze Loch ihrer Mägen. Ob sie bei der rasanten Geschwindigkeit überhaupt schlucken, bleibt mir ein Rätsel, das schleppende Gespräch führen sie mit vollem Mund.

»Wenn man so wie wir auf der Straße lebt, ist es günstiger, Amphetamine einzuwerfen, sie blockieren das Hungergefühl. Die Pillen sind deutlich billiger als Nahrung, habt ihr das gewusst?«, Mulle schaut fragend in die Runde.

»Nee!«, gebe ich ehrlich zu. Opossum sieht mich an.

»Freaky klingt ganz schön beschissen, richtig dicht in der Birne scheinst du nicht zu sein.«

Ich grinse. »Das fasse ich jetzt mal als Kompliment auf.«

»Wer sagt dir eigentlich, dass wir später nicht die Bude ausräumen? Es würde immerhin keine Armen treffen!«, stichelt der Junge.

»Ich habe Spiderman und Hildegard bei mir, die holen

euch dann«, kontere ich belustigt. Johannes rutscht unbehaglich hin und her.

»Wo steckt ihr das alles hin?«

»Das siehst du doch«, Mulle zeichnet mit der Hand eine Linie nach, »zuerst kommt der Mund, von dort geht es durch einen Schlauch in den Wanst.«

»Sehr witzig!«

»Du kaust falsch, wahrscheinlich zu langsam und zu sehr auf den Backenzähnen«, behauptet Mulle, nachdem sie Johannes millimetergenau gescannt hat.

»Wie kann man denn falsch kauen? Das habe ich aber schon ganz anders in der Ernährungsberatung gehört«, Johannes klingt verunsichert.

»Die wissen nicht, wovon sie reden«, Mulle lässt sich nicht aufhalten, »du muss mehr schlingen.«

»Schlingen?« Johannes' Stimme geht nach oben.

»Schlingen, wie ein Hund. In Deutschland gibt es nämlich mehr fette Menschen als dicke Hunde.«

»Ihr habt sie doch nicht mehr alle.« Johannes kippt den Wodka Orange in einem Zug.

»Oder hau dir Speedies rein«, empfiehlt Opossum, »die bieten neben der Gewichtsreduktion noch einen angenehmen Nebeneffekt. Als Kerl bist du beim Sex knüppelhart voll da, aber du behältst deinen Saft für dich, eine zuverlässige Verhütungsmethode, will ich meinen.«

Rick poltert herein, er unterbricht die lehrreichen Ausführungen der Straßenkinder.

»Rick, wie wäre es mit einem Cuba Libre?«, frage ich listig.

»Gerne, ist genau das richtige Wetter dafür.«

»Können wir auch einen haben?«, meldet Mulle sich.

»Klar.« Ich stehe auf und beginne die Drinks zu mixen.

»Weißt du was, Kröte«, der Junge legt Mulle die Hand aufs Knie, »gleich legen wir uns eine Weile mit dem leckeren Gesöff draußen an den Pool wie in einem Hotel. Herrlich. So gut wie heute ist es uns schon ewig nicht mehr ergangen.«

Sie stimmt augenblicklich zu. »Das machen wir, und danach plündern wir den Vorratsraum im Keller. Vielleicht finde ich ein paar Konservendosen, deren Inhalt ich kalt essen kann, ich möchte nämlich kein Heimweh bekommen.«

Ich reiche ihnen die Getränke. »So, Herrschaften, genug gequatscht. Unaufschiebbare Angelegenheiten warten auf uns.«

Opossum erhebt sich feierlich, Mulle zieht er an der Hand hinter sich her. Nettes Paar. ›Dass das Volk hungert, kommt daher, dass seine Oberen zu viel Steuern fressen; darum hungert es‹, so steht es im Tao-Te-King. Unerwartet stößt mich Jan in die Seite. Ich stehe gerade auf dem Balkon des elterlichen Schlafzimmers, von dort blicke ich auf das Treiben am Pool. Bis zu diesem Moment tat es gut mal nicht reden zu müssen.

Die meisten Gäste lassen zur Abkühlung einfach nur die Beine im Wasser baumeln, keiner von ihnen konnte damit rechnen, eine Gelegenheit zum Schwimmen vorzufinden, demnach sind die Bikinis und Badehosen zu Hause in den Schränken geblieben. Doch was nicht ist, kann ja noch werden.

»Jan, hast du mich erschreckt!«

»Ich wäre auch gerne hübscher, Reklamationen an meine Eltern!« Ein Standardspruch von ihm.

»Wie ist der Wettkampf gelaufen?«

Er zieht ein langes Gesicht. »Zweiundzwanzigster Platz.«

Ich überlege kurz. »Von wie vielen?«

»Fünfundzwanzig.«

»Du bist halt nicht mehr der Jüngste«, versuche ich ihn zu trösten.

»Das war schon die Seniorengruppe, du Clown.«

Jan ist ein alternder Bodybuilder, er arbeitet in der gleichen Firma wie ich. Dass er heute beim Posen schlecht abgeschnitten hat, wundert mich nicht. Er hat eindeutig die falsche Selbstbräunercreme erwischt. So wie er vor mir steht, frisch geduscht und eingeölt, gleicht sein Aussehen einem glänzenden Hundehaufen im Regen. Natürlich verschweige ich ihm gegenüber meine Assoziation. Die Gedanken sind frei, uns obliegt lediglich die Kontrolle darüber, sie zu äußern oder auch nicht. Der Bürstenschnitt seiner eisengrauen Haare soll ihm die Entschlossenheit eines Actionhelden vermitteln, der, diese Einschränkung sei mir gestattet, seine besten Jahre hinter sich hat. Die Runzeln in seinem Gesicht sind das Ergebnis von jahrzehntelangem Missbrauch sämtlicher Solarien des Ortes, was ihm den Charme eines Lederaffen verleiht. Bei den Frauen kommt er gar nicht gut an, selbst die verbissensten Freizeitsportlerinnen, die bei der Zusammenstellung ihres Müslis einzelne Haferflocken abwiegen, machen einen Bogen um ihn. Jan ist ein prima Bursche, ich denke, er hat in seinem Leben einfach zu oft die falschen Entscheidungen getroffen.

»Was soll's, wir trinken einen darauf«, versuche ich ihn aufzumuntern.

»Gut gemeint, Freaky, aber ich darf maximal ein Glas trockenen Rotwein trinken. Vom Alkohol setzt man Fett an, was die Definition der reliefbildenden Muskeln verdirbt, etwas, das ich mir ganz und gar nicht leisten kann, wenn ich beim Posen überhaupt noch eine Chance haben will.«

»Verstehe.«

Jan blickt sich um. »Nette Hütte. Verrückte Idee, hier eine widerrechtliche Sause steigen zu lassen. Typisch Freaky halt.«

Ich zucke mit den Schultern. »Normal kann jeder, normal ist langweilig, normal ist leblos. Schau dir unsere Welt an, wie weit die Normalen uns gebracht haben.«

»Ich gehe wieder nach unten, vielleicht treffe ich ja den einen oder anderen Bekannten. Es scheinen ein paar interessante Frauen dabei zu sein.«

»Mach das, viel Erfolg. Ich bleibe noch eine Weile hier oben.« In seiner Situation hat Jan andere Sorgen als den Zustand der Erde und der Lebewesen darauf.

Ich denke über die Grillen in meinem Kopf nach. Ich verstehe mich darauf, in meinem Hirnkasten aus Banalitäten irgendwelche akrobatischen Gedankenverrenkungen zu entwickeln, die gänzlich ohne jeglichen Nutzen bleiben.

So treibt mich, schon seit ich den Schlüssel für das Haus gefunden habe, die Frage um, ob es eine gezähmte Wildheit geben kann oder ob die Aussage so gesehen bereits einen Widerspruch in sich darstellt. Nun ja, so bin ich halt. Minuten schwinden dahin, von unten dringt das Geschnatter der Leute zu mir hoch, doch ich höre nicht hin. Dann wird es Zeit für das nächste Glas Wein. Im Keller komme ich an der offen stehenden Tür zum Vorratsraum vorbei. Die Hungerhaken sind dabei, die Vorräte zu plündern, freundlich winken sie mir zu.

Auf dem Rückweg von meinem Weinversteck lege ich, mit einer Flasche unter dem Arm, einen Zwischenstopp bei ihnen ein. Gut gelaunt sitzen sie auf dem Boden, einen Kasten Bier zwischen sich.

»So lässt es sich leben!« Sichtlich angesäuselt grinst Mulle mich an. Sie entblößt, ähnlich wie ihr Freund, ein sanierungsbedürftiges Gebiss mit schwarz verfärbten Stummeln. Für einen Moment versuche ich mir vorzustellen, wie sie morgens, ohne sich die Zähne geputzt zu haben, aus dem Mund riechen mag.

»Die Spießer, denen der Schuppen gehört, verfügen

bis auf Bio-Ölsardinen, Artischockenherzen und Kokosmilch über keine Konserven in Dosen«, beschwert sich die wüste Braut dennoch, »die fressen wohl nur gesunde Sachen.«

»Das tut mir leid.« Ernsthaft betroffen fühle ich mich allerdings nicht.

»Du kannst immer nur meckern«, schaltet sich Opossum ein, »sind Nussnougatcreme, Marmelade, Honig, rohe Eier und Kaffeesahne auf gefrorenen Schnitten Brot etwa nichts? Wie viele hast du davon verdrückt?«

»Fünf, den Tiefkühlspinat nicht mitgerechnet«, gibt sie trotzig zurück. Mein Magen krampft sich zusammen.

»Warum müsst ihr bei der unsäglichen Mischung, die ihr verputzt, nicht kotzen?«, frage ich verwundert nach.

»Na, weil das ganze Leben an sich schon zum Kotzen ist.« Opossum zieht eine halbe Flasche Bier weg.

»Genau. Wir trinken gegen den Neoliberalismus.« Mulle hebt ihre Flasche hoch.

»Nein, auf den Neoliberalismus«, korrigiert sie der Junge, »der uns diesen wunderschönen Abend beschert hat. Jawohl.«

»Du kannst mich mal«, zornig greift sie nach einer Kartoffel und beißt hinein. Sie kaut auf der rohen Masse samt Schale und Resten des Ackerbodens herum.

»Garantiert aus ökologischem Anbau, das schmecke ich sofort«, bringt sie undeutlich mit vollem Mund hervor.

»Hört mal. Jedem, der sich gerne mit dem Neoliberalismus auseinandersetzt, kann ich Leon als Gesprächspartner wärmstens empfehlen. Eben saß er noch unter der prächtigen Kastanie im Garten. Er trägt eine eckige Hornbrille und studiert irgendeine komplizierte Geisteswissenschaft.«

»Mal sehen, warum nicht«, Opossum schielt zu seiner Freundin herüber, »aber zuerst futtern wir uns noch satt.«

»Ganz, wie ihr wollt. Ich will dann auch nicht länger stören.«

Wie ein altes Ehepaar, denke ich auf den ersten Treppenstufen. Vielleicht ist die Anzahl der Varianten menschlichen Verhaltens doch begrenzter, als man glauben möchte, und nur die Verpackungen sind anders.

Im Flur passt Felix mich ab. »Hast du mitbekommen, was sich vor der Gartenmauer zum Feld hin abspielt?«

»Nein. Wie du bemerkt haben dürftest, komme ich gerade aus dem Keller. Was Schlimmes?«

»Folge mir einfach.«

»Klar, für einen Wein ist doch wohl noch Zeit genug.«

»Logisch«, er lächelt wissend, als habe er mir etwas voraus, »jetzt warst du gerade so mürrisch wie Bert, wenn Ernie der Hafer sticht.«

Ich eile in die Küche, leider herrscht vor dem Kühlschrank kein Gedränge. Meine Schonfrist vor Felix fällt also sehr kurz aus. Bei der Größe des Grundstückes müssen wir einige Meter zurücklegen, bis wir die besagte Stelle erreichen. Ich lasse meine Blicke schweifen, von Susi nicht die geringste Spur. Sie wird sich doch nicht mit irgendeinem Kerl verdrückt haben? Wieso sollte mich das etwas angehen beziehungsweise gar stören? Die Szene vor mir lenkt mich von meinen unbotmäßigen Gedanken ab.

Sheila, neben ihr der Pudeltyp, der ihr nicht von der Seite weicht, dirigiert drei Menschen, die in schwarzen Umhängen stecken, mit Anweisungen auf einer improvisierten Bühne hin und her. Die Gesichter der Personen verstecken sich hinter Motorradbrillen, ob es sich um Frauen oder Männer handelt, kann ich beim besten Willen nicht ausmachen. Mit uns stehen noch eine Handvoll weitere Zuschauer vor dem albernen Ensemble. »Was ist das denn für ein Irrsinn?« Ich muss schon an mich halten.

Felix atmet gedehnt aus, als müsse er einem Analphabeten die Buchstaben beibringen. »Du weißt aber auch gar nichts. Vor dir siehst du Fluid Sculptors. Wenn ich mit meiner Einschätzung richtigliege, präsentieren sie dir zu Ehren Anekdoten aus deinem Leben.«

»Aus meinem Leben? Mir ist diese hohle Frucht da vorne heute zum ersten Mal über den Weg gelaufen.« Gereizt starre ich Sheila samt ihren Adepten an.

»Stell dich nicht so an, die sieht doch scharf aus«, lenkt Felix ab.

»Aber nur, wenn du eine bestimmte Entfernung nicht unterschreitest«, stelle ich klar, »du kannst dich ja an sie ranmachen. Mal sehen, ob dann der Ernie oder Bert aus dir spricht.«

Aus dem tragbaren Lautsprecher lassen sich ein Knistern und Pfeiftöne vernehmen. Die begabte Moderatorin findet anscheinend nicht den passenden Abstand zum Mikrofon. »Am liebsten fuhr Freaky mit seiner Mutter in den Ferien ans Meer«, beginnt sie.

»Meine Eltern hassten die See, wenn überhaupt, gab es Urlaub in den Bergen oder auf langweiligen Bauernhöfen mit stinkenden Schweineställen. Und wieso fällt mein Vater weg?«, kommentiere ich für Felix.

Eine Figur schreitet mit Schwimmbewegungen der Arme nach vorne, dann zieht sie Kreise in die Luft. Das Meer. Die nächste imitiert Schwanken und angestrengtes Rudern. Ein Schiff. Die dritte Jammergestalt geht gehetzt auf das Schiff zu, sie streckt übertrieben die Hand nach hinten aus, als ziehe sie jemanden hinter sich her. Die Mutter. Im Wechsel von Sekunden beugt sie sich nach vorne, um sich kleiner zu machen, und steckt sich den Daumen in den Mund. Das Kind, also ich, wahrscheinlich in Ermangelung von Freiwilligen zwei Rollen für einen Darsteller.

»Bei einer geführten Wattwanderung verlor der kleine

Freaky damals einen seiner halbhohen Leinenturnschuhe mit einem Aufnäher von Kit Fistu, einem Jedi-Ritter aus den Star-Wars-Filmen«, ist Sheila zu vernehmen.

»Sciencefiction interessierte mich noch nie, weiß der Henker, wo sie diesen Schwachsinn herhat.«

»Vielleicht aus der Sesamstraße – war nur ein Scherz«, gibt Felix auf meinen drohenden Blick hin sofort klein bei.

Die schwarzen Handlanger machen sich an die Arbeit. Einer ahmt einen schweren Gangstil mit weiten Schritten nach, die drastische Schieflage des Körpers deutet das Einsinken im Schlick an. Mit heldenhaft herausgedrückter Brust und kerzengeradem Rücken mimt der zweite Hampelmann den Wattführer. Derjenige mit der Doppelrolle in der Eingangsszene kann dieses Mal auf die Interpretation der Mutter verzichten – ich vermute, als Folge einer geflüsterten Regieanweisung des Universalgenies in dem ach so schönen Kleid –, es genügt, in gekrümmter Haltung verzweifelt an dem eigenen linken Bein zu zerren. Nicht vorhandene Tränen werden unbeholfen von den Brillengläsern gewischt. Sheila, live und in Farbe, steigert die Vorführung ihrem, wie ich vermute, traurigen Höhepunkt entgegen.

»Fortan schlief unser aller Freund Freaky jahrelang schlecht, Albträume plagten ihn. Schwerst traumatisiert versagte er in der Schule. Erst ein erfahrener Psychotherapeut brachte ihn ins Leben zurück, damit wir ihn heutzutage als denjenigen erleben dürfen, wie wir ihn schätzen, ja auch lieben. Ein Hurra auf diesen besonderen Menschen, auf unseren Freaky!«

Beinahe überschlägt sich ihre Stimme. Mich beschleicht der Verdacht, dass sie den ganzen Blödsinn tatsächlich glaubt, den sie verzapft. Die Zuschauergruppe neben uns löst sich kopfschüttelnd unter unflätigen Bemerkungen auf. Nur Felix und ich bleiben wie angewurzelt stehen, ich für meinen Teil eher nicht, weil ich überaus begeistert bin.

Gnadenlos bringt Sheila ihre an Dummheit nicht zu toppende Show zu Ende. Mit schlaffer Körperhaltung, den Kopf gesenkt, überbietet sich die Nummer 1 mit Gesten der Verzweiflung, ein psychisches Wrack auf die nicht vorhandene Bühne zu bringen. Nummer 2 schleicht sich von hinten an, vollführt drohende Gebärden, lässt das Häufchen Elend keinen Augenblick in Frieden. Nach einigen Minuten flattert Nummer 3 in die Szene. Diese Figur stellt sich demonstrativ neben die zerrüttete 1, mit einem abwehrend ausgestreckten Armen hält sie den Schrecken, Nummer 2, auf Distanz, den anderen legt sie behütend um die Schultern der 1. Die Bewegungen der Laienkünstler in den schwarzen Umhängen sehen aus, als seien Raben auf Halluzinogenen. Endlose Sekunden in sinnfreiem Verharren vergehen, bis die arme Nummer 1 allmählich den Kopf hebt und einen ungelenken Freudensprung absolviert. Schluss.

Felix applaudiert artig, aber nicht stürmisch.

»Dämlicher geht es ja wohl nicht«, mehr fällt mir zu dem Elend vor uns nicht ein.

»Wieso? Also, ich konnte sehr gut erraten, was ausgedrückt werden sollte. Ich finde, die Darsteller haben ihre Sache ausgezeichnet gemacht«, ist Felix überzeugt. »Vielleicht möchtest du dieser Sheila noch ein Interview geben. Ich brauche jetzt dringend einen Wein.«

»Bleib mal locker. Ernie versteht es auch so gut wie immer, Bert zu überreden, mit dem Ergebnis, dass Bert am Ende sogar froh ist, auf Ernie gehört zu haben.«

»Findest du. Wenn du mich fragst, zieht Bert bei Ernies Streichen stets den Kürzeren und steht wie der letzte Depp da.«

»Aber sie bleiben Freunde, weil sie sich stets um einen Ausgleich bemühen. Das sollte, wie ich meine, die gesamte Menschheit praktizieren, dann hätten wir eine bessere Welt.«

Ich drehe mich abrupt um und versuche mit eiligen Schritten, Felix zu entkommen. Hinter mir wabert Sheilas Ankündigung ›Weiter geht es mit Freakys erster Portion Pommes rot-weiß‹ einem Pesthauch gleich durch den Äther.

Als wäre der Bogen nicht schon längst überspannt, stellt sich mir, wie passend, Gernot, ein tatsächlich gelernter Schauspieler, mit zweifelhaftem Talent und nicht nennenswerten Engagements, in den Weg.

»Freaky, ich wusste gar nicht, dass du auf Theater stehst, und dann noch diese überaus gelungene Inszenierung.«

Sein Hemd steht über der behaarten Brust bis zum Bauchnabel offen, nur zwei Knöpfe halten es auf Höhe der Gürtellinie zusammen. Reines Imponiergehabe.

»Ich bis eben auch nicht. Erspare mir deine Ironie, mit dem Scheiß habe ich nichts zu tun«, erkläre ich ihm ungehalten. Gernot steht mit Cora zusammen, die sich mit schmachtenden Blicken nach ihm verzehrt. Auch das noch. Vergeblich schaue ich mich nach Felix um, er hätte mir in dem aktuell unvermeidlichen Gespräch als Blitzableiter gute Dienste erweisen können, doch er scheint irgendwo vorher abgebogen zu sein.

»Einfach unerträglich dilettantisch, sagte ich gerade zu Cora. Wie ich sehe, kennt ihr euch bereits.«

»Ja, tun wir«, gehe ich kurz auf die Superköchin ein, »einfach lächerlich, diese Aufführung, und erst diese dämlichen Umhänge.«

»Eine solche Blamage würde sich Gernot ganz bestimmt nicht einhandeln«, raspelt Cora Süßholz.

Sei dir da mal nicht so sicher. Doch gut erzogen, wie ich bin, behalte ich meinen Gedanken für mich. Die Kritiken in den regionalen Zeitungen über Gernots Kunst klingen gelinde gesagt nicht sonderlich ermutigend. Zum Glück mangelt es dem Genie nicht an Selbstbewusstsein.

»Gewiss nicht«, er strafft seine Schultern, »der Regisseur und das gesamte Team waren total begeistert davon, wie ich in dem letzten Fernsehkrimi direkt am Anfang, praktisch als Schlüsselrolle, die Leiche gespielt habe. Der Schatten hinter dem Grab, so hieß der Streifen.«

»An den kann ich mich gar nicht erinnern«, Cora überlegt angestrengt. Vermutlich wurde der Film aufgrund besserer Produktionen noch gar nicht ausgestrahlt.

»Da kommt noch mehr, ich spüre das, ich stehe kurz vor dem ganz großen Durchbruch. Allen Granden meiner Zunft erging es ebenso, mit der Zeit entwickelt man einen Riecher dafür.«

»Ganz bestimmt.« Cora schmiegt sich an ihn, seinem Ego scheinen der Altersunterschied und ihre merkwürdige Aufmachung nicht zu schaden. Hauptsache, ein Fan, Anerkennung, ein Groupie. Wahrscheinlich darf Gernot nicht wählerisch sein. Ich versuche von den beiden wegzukommen.

»Euch noch viel Spaß! Wir sehen uns.« Ein höhnisches Grinsen kann ich mir dann doch nicht verkneifen. Vielleicht liegt es ja auch an seinem Namen. ›Gernot‹ kommt mir nicht wie die geschickteste Entscheidung seiner Eltern vor.

Als müsste ich mich vergewissern, was ich gerade erlebt habe, drehe ich mich noch einmal um. Irrtum ausgeschlossen. Coras Hand verschwindet von Gernots Rücken aus nach unten in den Hosenbund, von dort gräbt sie sich noch ein Stück tiefer zu den Gesäßhälften, um dort irgendwo stecken zu bleiben. Wie mag sich diese Region bei den nach wie vor beachtlichen Temperaturen anfühlen? Damit aus dieser pikanten Frage keine detaillierte Vorstellung erwächst, entscheide ich mich aus Gründen des Selbstschutzes für einen Rundgang durch das Gebäude.

Manche Gäste haben die Party bereits wieder verlassen,

neue sind dazugekommen, Tendenz steigend, wie ich finde. Soll mir recht sein, bislang gab es noch keine Beschwerden über fehlende Getränke oder mangelnde feste Nahrung. Ich schaffe es erstaunlich gut durch das Gedränge. Hier ein Winken zur Begrüßung, dort ein lockerer Zuruf, ein paar Handshakes und schon bin ich die Treppe nach oben. Den Dachspeicher erspare ich mir vorerst.

Die Tür des Badezimmers am Ende des Flures steht einen Spalt auf. An den Stimmen, die von dort zu mir dringen, erahne ich, wen ich in dem Bad vorfinden werde. Ohne groß anzuklopfen trete ich ein. Die Fußballfans plantschen in dem Whirlpool, das Wasser lassen sie auf der höchsten Stufe strömen. Findig, wie die Jungs sind, schütten sie eifrig eine Reihe von Badezusätzen in die Brühe, mit dem Ergebnis, dass eine meterhohe Schaumwand den Boden bedeckt und sich an den Wänden noch weiter nach oben schiebt. Die Typen sind auf Sekt umgestiegen, den sie direkt aus der Flasche nuckeln. Sie balgen sich um die Tüten mit Chips und Erdnussflips, werfen sich hin und her, dabei zeigen sie sich ohne Scheu nackt, wie bei ihrer Geburt. Ausgelassen kreischen sie vor Freude.

Vorsichtshalber schließe ich hinter mir die Tür. In ihrer Mitte taucht noch eine vierte Gestalt auf und wieder ab, die ein weißes Trikothemd mit schwarzer Hose trägt. Mich nehmen sie in ihrer kindlichen Begeisterung zunächst nicht wahr.

»Ich halte meinen Hintern genau auf die Düse, da wird mein Loch endlich mal so richtig sauber«, schreit Manuel.

»Das tut doch weh, der Wasserdruck reißt einem doch vorne das Gemächt ab! Nichts für mich«, legt Horst für sich fest.

»Am Hinterausgang fühlt sich der Strahl an, als wolle ein straff aufgepumpter Fahrradschlauch mit dem Ventil zuerst hinein«, Max zeigt auf Manuel, »aber am Ende gefällt dem das ja!«

In einem weiteren Schritt plätschern sie sich gegenseitig Wasser ins Gesicht.

»Hallo, Leute, alles in Ordnung bei euch? Der Schaum hier landet aber nicht im Flur, klar?«

»Nee, keine Panik, wie du siehst, haben wir alles im Griff«, antwortet Horst.

»Ein Schluck Sekt gefällig?«, Max hält mir seine Flasche hin. Ich lehne dankend ab.

»Reiß deine Klamotten runter und komm rein. Ein Hammer, wo die Strömungen überall hingelangen, mir haben sie eben sogar die Vorhaut nach hinten gedrückt, ungewollt, versteht sich«, lädt Manuel mich ein.

»Vielleicht später. Ich wollte mich nur mal umsehen«, weiche ich aus. In diesem Moment taucht der vierte Mann im Bunde mit Schwung an die Oberfläche. Max versucht ihn festzuhalten, doch er flutscht ihm durch die Finger. Lautes Grölen erschallt.

Mit dem Gesicht nach unten treibt die Figur, die ich nun als eine aufblasbare Gummipuppe erkenne, auf den Wellen.

»Es ist nicht so, wie du denkst«, beeilt sich Horst mir zu erklären. Er hebt die Puppe hoch, streift sorgfältig den Schaum von ihr ab.

»Siehst du, keine einzige Öffnung. Das ist eine originale Nachtempfindung von dem Kapitän der Fußballnationalmannschaft. Das ist unser Maskottchen, den tragen wir immer mit uns herum, wenn wir als Dreamtrio die Gegend unsicher machen. Der war richtig teuer, kann ich dir sagen. Aber mit ihm wirken wir auf die Weiber unwiderstehlich.«

»Aha!« Ich bin wirklich erstaunt.

Ohne sich weiter an meiner Anwesenheit zu stören, springen die Hooligans auf, stapfen herum, johlen Stadionsongs wie ›So ein Tag, so wunderschön wie heute‹, ›Steh auf, wenn du ein Stürmer bist‹, ›Olé, olé, olé‹ und noch einige mehr. Nicht ganz so passend fügen sie noch den Schlager ›Atemlos durch die Nacht‹ an. Ein beachtliches Repertoire. Die Jungs sind außer Rand und Band.

Als sie mit schaumtriefenden Genitalien vor mir stehen, kann ich mich eindeutig festlegen, dass sie mindestens zwölf Jahre alt sind, was ihre Hirne anbetrifft, bin ich mir da nicht so sicher. Sie tanzen eine Art Reigen im Kreis, rutschen aus, fallen, stehen wieder auf, lachen. Dann bleiben sie wie auf ein Kommando stehen und intonieren das Kirchenlied ›Großer Gott, wir loben dich‹. Während des Gesangs, wenn man ihn denn dafür halten möchte, pinkelt Max ungeniert in eine der leeren Sektflaschen. Beruhigt schleiche ich mich aus dem Bad. Die Gang kann ich getrost alleine lassen, die sind harmlos, die wollen nur spielen.

Im Flur klopfe ich auf das Tao-Te-King in meiner Hosentasche, so gesehen verfüge auch ich über ein Maskottchen. ›Der Wissende redet nicht, der Redende weiß nicht.‹ Im Flur kommt mir Susi entgegen. Sie stützt den blutüberströmten Nestor, sprich Spiderman, der sich eine Wunde auf der Stirn zugezogen hat.

»Was ist denn mit ihm passiert? Wo hast du eigentlich die ganze Zeit über gesteckt?«, fahre ich sie regelrecht an.

»Gleich! Zuerst müssen wir unseren Superhelden irgendwo hinsetzen und seine Wunde reinigen!«, gibt Susi vor, was zu tun ist. Spiderman zieht es vor zu schweigen.

Auf gut Glück öffne ich die nächstbeste Tür. Wir betreten zweifelsohne das Zimmer des Jungen der Hausbesitzer. Nestor lässt sich wie ein nasser Sack auf das Bett plumpsen, Susi will ein Badezimmer ausfindig machen.

»Nimm nicht das große, da sitzen nackte Hooligans im Whirlpool«, warne ich sie.

»Du lieber Himmel. Danke für den Gefahrenhinweis.« Schon ist sie aus der Tür.

In kürzester Zeit ist sie mit einem feuchten Waschlappen, Handtüchern, Rasierwasser und Verbandsmaterial zurück. »Wusste ich es doch. Wo Rasierwasser herumsteht, sind Pflaster und Mull nicht weit. So seid ihr Kerle halt, immer zu ungeschickt«, Susi stellt sich vor den Verletzten, »so, Spider, jetzt bist du reif, und bleib gerade sitzen!«

Mit dem Waschlappen tupft sie vorsichtig die Wunde ab. Dabei beugt sie sich leicht nach vorne. Nestor schielt verzückt auf ihre Oberweite. So stark beeinträchtigt ihn die Verletzung dann doch nicht.

»Guter Junge, fein gemacht. Sieht super aus. Du wirst überleben.«

Ansatzlos drückt sie ihm das mit Rasierwasser getränkte Handtuch auf die Stirn. Er jault auf. Entschlossen hält sie mit der freien Hand seinen Kopf fest. Die Überrumpelung gelingt perfekt, Spiderman wirft vergeblich den Kopf hin und her, ihr Griff bleib eisern. Ich stehe tatenlos daneben und werde Zeuge, wie seine Rübe während des Gerangels in dem Tal zwischen Susis Brüsten versinkt.

Selbst um den Preis von drei Verletzungen würde ich auf der Stelle mit dem Jammerlappen tauschen. Spider scheint zu einer ähnlichen Einsicht gelangt zu sein, denn sein Widerstand ebbt abrupt ab, die Schmerzlaute gehen in ein wohliges Stöhnen über.

Susi erkennt die Zeichen der Zeit ebenfalls. Sie schiebt seinen Kopf aus der Kuschelzone heraus nach hinten. »So, genug desinfiziert.«

»Schade. Ich meine, okay«, verbessert er sich schleunigst.

»Wie konnte das überhaupt passieren?«, will Susi von ihm wissen.

»Ich schwinge zufrieden an meinem Netz zwischen den hohen Fichten hin und her, freue mich über meine sich rasch wieder einstellenden Kräfte, als ich auf der anderen Seite der Mauer diese Frau in dem weißen Gewand, wie ein Leichenhemd, sehe. Am helllichten Tag hält sie eine brennende Taschenlampe in der Hand. Kein Quatsch. Für einen kurzen Moment verliere ich die Kontrolle und knalle mit der Birne volle Kanne gegen ein Elsternest. Damit nicht genug, attackieren mich noch die wütenden Elternvögel mit ihren Schnäbeln.«

Der Geschundene legt eine Kunstpause ein, sein Mitleid erheischender Blick ruht auf Susi.

»Mir bleibt also nichts anderes übrig, als fluchtartig an den Ästen nach unten zu klettern. Den Rest kennst du ja.«

Sie begutachtete die Wunde. »Harmlos, nicht besonders groß, ich klebe dir noch ein Pflaster darauf, anschließend kannst du dir dein Gesicht ein wenig säubern.«

»Werde ich eine Narbe zurückbehalten?«, fragt er ängstlich besorgt.

»Wenn du Glück hast, ja. Das ist doch der richtige Schmuck für Superhelden, oder nicht?«, neckt sie ihn.

»Danke für deine Hilfe.« Enttäuscht trottet er von dannen.

»Ich wundere mich, wie der an seinem Arbeitsplatz mit den Investments klarkommen soll«, melde ich mich arglistig nun doch zu Wort, um meinen potentiellen Konkurrenten in ein möglichst schlechtes Licht zu rücken. Aus mir spricht aber auch der Neid, wie nahe er durch eigene Blödheit diesen unglaublichen Hügeln gekommen ist. Für eine Millisekunde spiele ich die Möglichkeit einer Selbstverstümmlung durch.

»Wahrscheinlich verfügt er über Inselbegabungen. Wie ich. Im Grunde genommen sollte ich mich mit ihm zusammentun, beim Zocken an der Börse würden wir bestimmt viel Geld verdienen«, antwortet sie in einem dezent herausfordernden Ton.

»So etwas nennt man Insidergeschäfte, die sind bekanntlich verboten«, lege ich schnippisch nach.

»Was glaubst du, was alles verboten ist und trotzdem

gemacht wird? Manche Leute feiern wüste Partys in Häusern, die ihnen nicht gehören.«

Treffer. Eins zu null für Susi.

»Schon gut, ist angekommen. Wo hast du gesteckt?«, versuche ich das Thema zu verlagern.

»Zuerst habe ich mit Spacey über eine Stunde lang getanzt. Dann war er plötzlich weg. Aus Langeweile und Neugier ging ich hoch auf den Speicher. Stell dir vor, die haben da oben ein ganz altes Puppenhaus. Ich kann mir gar nicht vorstellen, dass die modernen Mädchen überhaupt noch mit so einem Ding spielen.«

»Vielleicht gehört es der Mutter und stammt noch aus deren Kindheit.«

»Kann sein. Jedenfalls fand ich die passenden Püppchen, Stühle, Tische, Betten, Küchengeräte. Dann legte ich los.«

»Los womit?«, ich stehe gewaltig auf dem Schlauch.

»Na, mit dem Spielen. Darüber habe ich Raum und Zeit vergessen. Er war herrlich.«

»Klar!« Mehr fällt mir zu ihrer Erklärung nicht ein.

»Im Ernst. Frauen lieben es, den Geist ihrer Kindheit wieder heraufzubeschwören. Ein Nest bauen, gemütliche Abende auf der Couch, klingelt es da nicht bei dir? Glaubst du, Weihnachten gibt es nur wegen der Kinder?«

»Keine Ahnung, über solche Dinge mache ich mir keine Gedanken.«

»Solltest du aber. Kein Wunder, dass du solo bist.«

»Danke für die Belehrung.«

Bin ich hier etwa an eine Psychoratgebertante aus einer billigen Fernsehzeitung geraten? Ich brauche dringend einen Schluck. »Meine Kehle ist ganz trocken. Gehst du mit nach unten?«

»Gute Idee, Freaky«, Susi schaut mich frech an, »nur ein getroffener Hund bellt.«

Stolz gehe ich neben ihr die Treppe herunter. Die Kerle

glotzen mit offen stehenden Mündern, die neidischen Blicke der meisten Frauen sausen wie Giftpfeile durch die Luft. Susi sieht eben nicht nur gut aus, sondern sie besitzt diese gewisse Ausstrahlung.

Für den weichen, warmherzigen Ausdruck ihrer Augen würde ich meinen Arm geben, na ja, nicht ganz, gewiss die Hand, auf jeden Fall einen Finger, sicher den kleinen, am besten dessen Kuppe, vielleicht ginge es ja auch ganz ohne Amputation. ›Darum: Tut der Berufene nie etwas Großes, so kann er seine großen Taten vollenden, wer leicht verspricht, hält sicher selten Wort.‹ Der gute alte Laotse windet sich durch mein Gehirn. Vom Keller aus nehmen wir, ausgerüstet mit einer vollen Pulle, den Hinterausgang, der direkt in den Garten führt. Dort stoßen wir auf eine weiße, weibliche Gestalt, die im Gegensatz zu der Elbin Galadriel eher wie ein gewöhnliches Gespenst aussieht. Es kann sich nur um jene Dame handeln, die Spidermans Absturz zu verantworten hat.

Mich selber eingeschlossen, dachte ich bis heute immer, ich verkehre nur mit verrückten Leuten, aber die von mir anonym eingeladenen Gäste übertreffen alle meine Erwartungen. Die Sensationsreporterin und Showgirl Sheila samt dem Pudel dürfen im Umkreis der neuen Erscheinung nicht fehlen, sehr zu meinem Erstaunen hält sie mal die Klappe. Bestimmt liegt es an dem Inhalt des munteren Disputes, der zugange ist und, so wie es aussieht, ihren Intellekt überfordert. Sage und schreibe fliegen mir Phrasen wie »der Sinn des Lebens« sowie »die Manifestationen Gottes« entgegen.

Das Gespenst, sein grünlich fahler Teint sieht beängstigend aus, wirkt im Gesamten so, als wäre schon mal Sand auf ihm gewesen. Seine erstaunlich kräftige Stimme setzt es beschwörend ein. Die glatten, lang herunterhängenden pechschwarzen Haare stehen im Kontrast zu der restlichen Erscheinung. Was das Alter anbetrifft, kann nach meiner Einschätzung von 30 bis 293 Jahren alles dabei sein. Gibt es eigentlich junge Gespenster? Der Wein setzt die Denkvorgänge in meinem Kopf auf seine eigene Weise in Kraft.

Mit der rechten Hand hält die Frau eine einfache Taschenlampe aus einem Discounter. Das Birnchen darin flackert, allem Anschein nach schmieren gleich die Batterien ab. Von der Linken baumelt an einer dünnen Kette ein kegelförmiges Pendel aus Messing.

»Jawohl, ich bin eine Sinnsucherin. Ich heiße Elvira«, erklärt sie den Umstehenden, die neugierig einen Kreis um sie gebildet haben.

»Super, und wie findest du den?« Diese Frage wird ihr von einem Typen gestellt, der den Rotwein aus einem übervollen Glas in seiner Hand, ohne ihn zu schmecken, wie Wasser herunterstürzt. Nun ja, jeder hat so seinen unverkennbaren Stil.

»Ich stehe in der Tradition des Diogenes von Sinope, der tagsüber mit einer Laterne unterwegs war, um einen Menschen zu finden. Des Weiteren inspirierte mich die Karte des Eremiten aus dem Tarot-Deck.«

»Und davon kann man leben? Vielleicht schule ich dann noch mal um!«, meldet sich der ältere Herr aus dem Hutgeschäft zu Wort. Er steht mit seiner Frau etwas weiter zurück.

Also trauen sie sich doch unter den rasenden Mob, stelle ich mit Wohlwollen fest.

»Nein, ich lebe von einer kleinen Rente. Ich schränke mich ein, so gut es geht.«

»Du haust aber nicht in einer Regentonne, wie dein großes Vorbild?«

Diese Bemerkung kommt, wie nicht anders zu erwarten, von Björn, der damit vor Publikum seine höhere Bildung präsentieren kann. Eine solche Gelegenheit lässt er sich wie ein Geier nicht entgehen.

»Nein, ich begnüge mich mit einem kleinen Appartement.«

»Bist du denn dem Sinn schon nähergekommen?«, ruft eine zierliche, junge Frau dazwischen.

»Ich pendele mich zu den tiefsten Ursprüngen des Universums vor.« Elvira lässt das Pendel hin und her schaukeln.

»Nicht vor, es muss zurück heißen«, Björn zieht sich seinen Pullunder über dem Bauch zurecht, »auf der Zeitachse liegen die Ursprünge des Kosmos vor deiner Existenz, folglich kannst du dich nur rückwärts richten, wenn du sie aufzeigen willst, was eindeutig nicht ›vor‹ bedeuten kann.«

»Meine Wortwahl bezog sich eher auf den Akt des Vordringens.«

»So hast du dich aber nicht ausgedrückt. Präzision der Sprache ist bei der Beschäftigung mit den elementarsten Zusammenhängen des Seins an sich, aber auch im Besonderen, von unabdingbarer Notwendigkeit«, belehrt Björn das Gespenst mit erhobenem Finger.

»Was ist jetzt mit dem Kosmos, wie setzt er sich zusammen?« Eine Frauenstimme.

»Da gibt es Kräfte und Energien, Teilchen, die keine Masse im herkömmlichen Sinne haben, zum Teil nur als Kräuselungen von Energiestrukturen zu verstehen sind. Das, was aus unserer Sicht vorhanden ist, ist eigentlich nicht körperlich da, so könnt ihr euch das vorstellen«, steht Elvira tapfer Rede und Antwort.

»Du plapperst doch nur die Resultate der Astro- und Subnuklearphysik nach!« Dieser Einwand stammt selbstverständlich von Björn.

»Was soll diese beknackte Dingsdaphysik mit dem Sinn zu tun haben?« Der Typ mit dem Rotwein leert sein frisch gefülltes Glas in zwei Zügen.

»Wir sind doch Teil davon, wie im Großen, so im Kleinen«, ergänzt das Gespenst.

»Hast du denn jetzt den Sinn gefunden, dich ihm genähert, oder irgendetwas in der Art?«, fragt eine Frau mittleren Alters mit einem roten Hut auf dem Kopf.

»Nein, der Weg ist das Ziel, die Suche das Ergebnis.« Elvira schüttelt den Kopf.

»Das sind doch nur billige Allgemeinplätze. Gleich kommst du uns noch mit der alles umfassenden Liebe Gottes, samt seinem unergründlichen Willen«, poltert Björn, zumindest aufrichtig erbost.

»Gott würfelt nicht, hat Einstein gesagt. Natürlich ist die Liebe der Sinn, sie ist die wärmende Kraft des Universums«, gibt die so Angegangene zurück.

»Blödsinn! Weißt du, warum der Sinn sich nicht finden lässt? Ganz einfach, weil es keinen gibt! Sinn ist halt scheiße.« Jeremy, ein pickeliger Teenager, den ich von meiner Stammkneipe her kenne, hebt für alle unübersehbar den Stinkefinger nach oben.

»Du meinst, die gesamte Existenz, das Leben, wir Menschen, die Natur, die Erde, dein eigenes Leben hat alles keinen Sinn?«, empört sich Felix gegen den Jungen.

»Einen wie auch immer gearteten Sinn kann sich jeder nur selber geben«, wirft die Frau aus dem Hutgeschäft ein, aber ihre Stimme klingt verzagt.

»Es kommt darauf an, ein erfülltes Leben zu führen, und das kann man sich nur selber verschaffen«, unterstreicht Elvira.

»Wir alle gehen mit jeder Sekunde, die verstreicht, unweigerlich dem Tod entgegen. Was soll angesichts dieser Tatsache das Geschwafel über einen Sinn!«, kontert Opossum mit einem lauten Rülpser. So wie er sich anhört, ist er satt geworden.

»Wenn ihr mich fragt, geht es nur darum, wie man sich im Leben fühlt, und im Moment fühle ich mich beschissen. Und daran würde keine Weltformel oder kein Glaube etwas ändern«, protestiert der Mann aus dem Hutgeschäft. Verstohlen drückt seine Frau ihm die Hand.

»Einen Gott gibt es sowieso nicht!« Zwischenruf eines weiteren Mannes.

»Selbstverständlich gibt es einen Gott, ohne Glauben könnte ich gar nicht leben. Er ist der Sinn von allem«, behauptet Paula, eine Veganerin, die mit einem Metzger verheiratet ist und sich nach acht Jahren Ehe vor ein paar Wochen von ihm getrennt hat. So kann es gehen.

»Gott ist nur eine Annahme gegen die Angst vor der Sinnlosigkeit, von der jeder von uns in seinem tiefsten Inneren weiß, dass sie letztendlich als Tatsache nicht zu leugnen ist. Der Mensch belügt sich am liebsten selber. Das hat er bereits von den Anfängen des Denkens an immer getan. Nichts anderes.« Björn genießt seine Rolle in vollen Zügen.

»Jeder kann nur für sich seinen eigenen Sinn finden, und der sieht dementsprechend für jeden anders aus. Mir geht es darum, mich so oft wie möglich gut zu fühlen, zufrieden zu sein, mir mit Kleinigkeiten, wie zum Beispiel einem leckeren Kaffeeteilchen, den Alltag zu verschönern. Wenn ich schon mal über ein Dasein verfüge, dann möchte ich auch für mein Wohlergehen sorgen.« Diese Meinung kommt von einer schlicht gekleideten Frau mit grauen Haaren.

»Ich habe nicht darum gebeten, auf der Welt zu sein, wie wir alle nicht. Als Ergebnis einer lausigen Nummer wurde ich nicht danach gefragt«, Opossum bleibt bei seinem harten Kurs.

»Oder einer heißen Nummer!«, schreit ein ganz Schlauer dazwischen, dafür erntet er verhaltenes Gelächter.

»Nur wenn ich Stuhlgang habe, fühle ich mich frei. Dabei bin ich auf nichts und niemand angewiesen!« Diese gewagte These entfleucht sehr zu meinem Staunen der Dame mit dem roten Hut. Junge, hat die einen riesigen Zinken im Gesicht, fällt mir jetzt erst auf.

»Ich mag keine Menschen.«

»Ich auch nicht!«

»Warum bist du dann überhaupt hierhergekommen?« Allmählich verliere ich den Überblick über die Wortmeldungen, ich unterscheide lediglich noch weibliche von männlichen Stimmen.

»Die ganze Welt ist scheiße.«

»Ist sie nicht, Gott ist gut, wir verstehen ihn nur nicht.«

»Erst kommt das Fressen, dann die Moral, sagt Brecht.«

»Das Problem von uns Menschen liegt in unserem Egoismus.«

»Würmer sind uns überlegen, sie bringen sich nicht gegenseitig um.«

»Ich glaube an das Gute im Menschen. Ihr hingegen strahlt zu viel negative Energie aus, so kann das mit der Erde nichts werden.«

»Weiche, Satan!«

»Ich habe nichts gegen die Erderwärmung, dann spare ich mir im Winter das blöde Eiskratzen am Auto.«

»Ihr Männer unterdrückt uns Frauen doch noch immer.«

»Und ihr denkt nicht in Zusammenhängen.« Ein Mann.

»Wir müssen an unsere Kinder und Enkel denken, welche Welt wollen wir ihnen hinterlassen?«

»Und wie viele Schulden!«

»Ernie und Bert leben uns vor, wie es klappen könnte, ihr müsst nur hinsehen und zuhören.«

Diesen Sprecher kann ich hingegen wieder eindeutig zuordnen. Das Lämpchen in der Gespensterhand ist mittlerweile gänzlich erloschen.

Ich drehe mich nach Susi um. Komm, wir gehen woanders

hin, will ich ihr mitteilen, aber sie hat sich von mir unbemerkt davongeschlichen.

»Warum grillen wir nicht?«

Manuel, er riecht wie ein ganzer Drogeriemarkt, stellt sich mir in den Weg. »Was soll das für eine Gartenparty mitten im Sommer sein, bei der nicht gegrillt wird. So etwas habe ich noch nie erlebt. Das ergibt doch keinen Sinn!«

Jetzt, wo er es sagt. Seltsam, ich habe diese Möglichkeit bei der Planung des Abends gar nicht in Erwägung gezogen. Meine Antwort hingegen fällt anders aus. Ich zeige auf Elvira.

»Geh zu der Dame in dem hellen Gewand, sie kann dir bestimmt helfen, den Sinn zu finden. Wenn du Glück hast, pendelt sie dir sogar eine Grillwurst herbei.«

»Mit Senf?« Meine Güte, so einer darf zur Wahl gehen.

»Bestimmt.«

»Was ist eigentlich eine Dame?«

»Dame ist ein anderes Wort für Frau.«

»Du meinst die Vogelscheuche hinter mir?«

»Genau die!«

»Ich weiß nicht. Die sieht mir eher wie eine Müslischlampe aus, die nur Pflanzen futtert. Wenn ich Pech habe, pendelt sie mir irgendeinen grässlichen Körnerkram. Dann bleibe ich besser bei den Chips.«

»Deine Entscheidung.« Ich lasse ihn stehen.

›Der Sinn, der sich aussprechen lässt, ist nicht der ewige Sinn, der Name, der sich nennen lässt, ist nicht der ewige Name, Nichtsein nenne ich den Anfang von Himmel und Erde‹, trösten mich die Sätze von Laotse, bis mir Björn die Hand auf die Schulter legt.

»Freaky, seltsame Gäste, mit denen du dich umgibst, oder sollte ich besser sagen, belastest?«

»Was du nicht sagst, ist mir noch gar nicht aufgefallen. Du, ich muss mal dringend zur Toilette, entschuldige.«

Und schon bin ich an ihm vorbei. Die Sinnsucherin überlasse ich ihrem Schicksal, ihr wird es den ganzen Abend über nicht an Unterhaltungen mangeln. Wer auf einer Feier Alkohol trinkt, sollte bekanntlich auf seine Fettzufuhr achten. Meine Depots müssen dringend aufgefüllt werden.

In der Küche ist nicht viel los. Ich säbele mir ein großes Stück Salami ab. Ich will mir eben noch eine Flasche Wein aus dem Keller holen, als plötzlich Kevin, Metzger, Heavy-Metal-Fan mit akkurater Kurzhaarfrisur und noch Ehemann von Paula, mit hängendem Kopf durch die Tür hereinkommt.

»Freaky, alter Junge, danke für die Einladung. Lustige Leute hast du hier.«

»Hi, Kevin, du siehst ja richtig beschissen aus«, platze ich unsensibel heraus.

»Wohl gesprochen. Hast du mal 'ne Minute?«

»Klar, kein Problem. Übrigens, Paula ist auch hier.«

Wir nehmen Platz. Mein Glas ist leer. Mist.

»Ich wusste gar nicht, dass Paula gottesfürchtig ist«, versuche ich ihm den Einstieg in das Gespräch zu erleichtern.

»War sie früher auch nicht. Ich vermute, ihr Glaube hat sich erst im Zuge unserer Entfremdung entwickelt.«

»Sag mal ehrlich, konnte das gutgehen mit euch beiden? Eine Veganerin und ein Metzger, das sind doch unvereinbare Gegensätze.«

»Die sich bekanntlich anziehen, oder sich ergänzen wie Yin und Yang«, Kevin lächelt schief, »nein, Scherz beiseite, am Anfang dachten wir, die Liebe könnte alles überwinden. Es ging ja tatsächlich jahrelang gut.«

»Kann ich mir kaum vorstellen.«

»Also, zu Hause durfte ich natürlich kein Fleisch und keine Wurst essen. Gegen Käse hatte sie nichts, Eier waren tabu. Was ich auswärts aß, blieb mir überlassen, wenn ich mir anschließend nur gründlich die Zähne putzte und den Mund mit einer desinfizierenden Lösung ausspülte.«

»Klingt romantisch.«

»Du hast gut reden«, fährt Kevin fort, »nach Feierabend duschte ich immer schon auf der Arbeit, ich durfte auf keinen Fall nach Metzgerei riechen. Was glaubst du, wie oft ich im Winter erkältet war! Abends vor dem Schlafengehen noch mal dieselbe Prozedur, sonst durfte ich mich nicht neben sie legen. Es gab Zeiten, da sah meine Haut rot und wundgescheuert aus. Der Juckreiz hat mich an manchen Tagen in den Wahnsinn getrieben.«

»Und das hast du alles mitgemacht?«

Er zuckt mit den Schultern. »Wo die Liebe hinfällt.«

»Aber sie wusste doch, dass du in deinem Job Tiere tötest. Wie ging sie denn damit um?«

»Ich bin mir nicht sicher. Ich denke, sie spaltete diese nicht zu leugnende Tatsache aus ihrem Bewusstsein ab. Darüber verlor sie nie ein einziges Wort.«

»Dennoch ging es mit eurer Ehe bergab.«

»Liebe ist nicht alles. Es ist der Alltag, der Beziehungen zerstört, ihn gilt es zu bewältigen, alles andere ist Bollywood.«

»Aha!«

»Irgendwann kommt dann die Phase, in der man nur noch nebeneinander herlebt, bis zu dem Punkt, an dem man sich nichts mehr zu sagen hat.«

»Das klingt nicht besonders neu.«

»Das ist mir schon klar. Das ist ja das Frustrierende daran, die Abläufe wiederholen sich von Generation zu Generation. Anscheinend verfügen wir über nicht genügend alternative Verhaltensweisen.«

»Aber nicht alle Paare trennen sich.«

»Stimmt. Was glaubst du, wie viele emotionale Leichen aneinander kleben?«

»Wenn du es sagst.«

»Was zwischen Paaren abgeht, ist der reinste Morast. Pass auf, im Zuge der Trennung habe ich kurz mit einem richtig heißen Feger angebandelt. In der ersten Euphorie schleppte ich sie mit auf ein Heavy-Metal-Open-Air-Festival irgendwo in der Pampa. Halt dich fest, nach noch nicht mal zwei Stunden zickte sie herum, weil es vor Ort keinen Darjeeling-Tee gab.«

»Ist nicht wahr.«

»Doch. Sie schlug allen Ernstes vor, in die nächste Stadt zu fahren, mit der Absicht, dort in irgendeinem Café einen Darjeeling zu bekommen. Ich sagte ihr, sie könne gerne alleine fahren, ich sei wegen der Musik da. Ab dann war das Festival für sie gelaufen. Ich gab ihr noch am selben Abend den Laufpass.«

»Am besten, du lässt mal eine Zeit lang die Finger von den Mädels. Schau mich an, es geht auch ohne. Soll ich dir ein Bier holen, oder sonst etwas?«

»Du weißt doch, dass ich keinen Alkohol trinke.«

»Ich dachte ja bloß, so wie du aus der Wäsche guckst. Was bist du eigentlich für ein unmöglicher Typ? Du bist Metzger, hörst Heavy Metal, aber trinkst nicht. Das passt doch hinten und vorne nicht zusammen!«

»Wahrscheinlich ist das der Grund, warum ich mit den Frauen nicht klarkomme. Ich bin nicht eindeutig genug. Deswegen fange ich noch lange nicht das Saufen an.« Müde steht er auf.

»So, ich schaue mir noch eine Weile die anderen Gäste an. Danke fürs Zuhören. Übrigens, hast du mitbekommen, Susi treibt sich auch hier herum, ich habe sie eben kurz gesehen. Bei ihr gehen einem echt die Augen über. Man sieht sich.«

»Klar, bis später.« Die ganzen Kerle sind alle scharf auf Susi. Verdenken kann ich es ihnen nicht.

Ich schaffe es endlich in den Keller zu meinem deponierten Wein. Auf der Terrasse plaudert Rick mit zwei netten Frauen. Seine Zunge verhakt sich ein ums andere Mal, die Girls, ihrerseits nicht mehr nüchtern, kichern in einer Tour. Zeit, ihm noch einen Rum Cola zu mixen. Von der leicht erhöhten Position beobachte ich, was sich auf der Rasenfläche vor mir ereignet. Sheila, unermüdlich in Sachen Unterhaltung unterwegs, arrangiert mit einigen willfährigen Kandidaten das Spiel ›Die Reise nach Jerusalem‹ und ein albernes Quiz mit dümmlichen Fragen: Wie heißt die Bundeskanzlerin? Wofür steht die Abkürzung ZDF? Wer bringt die Geschenke an Ostern, ein Rentier oder ein Hase? Wie viele Räder hat ein Auto? Waren Hänsel und Gretel ein Ehepaar oder Geschwister?

Nach ein paar Minuten höre ich nicht mehr zu. Der Kopf des Pudels ist hochrot angelaufen und droht zu platzen. Der Kerl hat sich garantiert im Dienste des Showstars einen Sonnenstich eingehandelt. Was ihn wohl treibt? Menschen kommen und gehen, sie stehen zusammen, reden, trinken, beobachten andere, lästern ab, amüsieren sich. Nach den Begrüßungen und dem ihnen folgenden Smalltalk mit diesem und jenem werde ich als Gesprächspartner immer seltener in Anspruch genommen.

Ich kann sozusagen beliebig in der Menge abtauchen, bin nur noch einer von vielen. Meine Person wird ein kleines Stück anonymer. Gedanken machen sich selbstständig. Kurz landen sie bei den Hausbesitzern auf Madeira. Was sie wohl gerade machen? Wie viel Uhr ist es bei ihnen? Wie warm ist das Meer? Ich frage mich, was ich hier mache. Ich könnte doch aufstehen und nach Hause gehen. Die Gesichter der anderen möchte ich sehen, wenn ich sie mit dem ganzen Schlamassel stehen lasse. Noch besser wäre es, die Polizei zu verständigen, dass hier eine illegale Party in einem widerrechtlich genutzten Haus stattfindet, was zu saftigen Anzeigen wegen Hausfriedensbruch führen würde. Doch nichts da, selbstverständlich bleibe ich, wo ich bin. Ohne einen Zusammenhang herstellen zu können, fällt mir Jack ein. Er arbeitete als Fliesenleger, soff wie ein Loch, und in seiner Freizeit schrieb er Gedichte, mit denen er sämtliche Lyrikverlage im deutschsprachigen Raum bombardierte. Leider wollten sie seine Texte nicht haben, nur ein einziges Mal druckte eine Literaturzeitung ein Gedicht von ihm. Ich weiß nicht, wie oft ich mir diese Ausgabe ansehen musste. Er starb mit Anfang vierzig an einem Herzinfarkt. Ich hätte ihm, wenn schon, denn schon, einen Erstickungstod am eigenen Erbrochenen gegönnt. Sein Name war Jakob. Um sich mit dem Flair eines amerikanischen Untergrund-Schriftstellers zu umgeben, zog er es vor, mit Jack angesprochen zu werden. Der menschliche Körper ist nichts weiter als ein Bioreaktor, pflegte er zu sagen. Nach seiner Ansicht gab es keine immaterielle Seele, keinen Geist, sondern nur den Körper, von dem ein Teil, nämlich das Gehirn, solche und ähnliche Interpretationen hervorbrachte. Er schätzte es, mit einer schonungslosen Sprache, die Zivilisation westlicher Prägung zu demaskieren. Ich begegne den Menschen dort, wo sie lieber nicht gesehen werden wollen, meinte er über seinen Stil. Wenn du einen Roman schreiben willst, musst du der Geschichte so folgen, wie sie erzählt werden will, lautete sein Credo, wenn es um Prosa ging. Bei unserem letzten Treffen tranken wir ordentlich einen über den Durst. Jack konnte kaum noch gehen. Als hätte er eine Art Vorahnung, kritzelte er in seinen Notizblock: Mein verschimmeltes Selbst hangelt sich an einem seidenen Faden an den Abgründen der mir noch verbleibenden Zeitspanne entlang. Fünf Tage später brach er auf der Straße tot zusammen.

Horst kommt auf mich zu. »Hör mal, du bist doch hier der Chef. Von der kleinen Straßengöre wissen wir, dass unten im Keller ein gigantischer Vorrat an Bier Wein und Schnaps nur darauf wartet, gehoben zu werden, dürfen wir?« Aus dem Mund riecht er nach künstlichem Zwiebelaroma, ganz klar ein Chipsgourmet.

»Nur zu, geht in den Keller und hebt den Schatz.«

»Danke, Mann, du bist nett, aber auch ein bisschen irre.«

»Man ruft mich nicht umsonst Freaky.«

Wenig später stapfen die Hooligans, gefolgt von noch ein paar anderen Gästen, mit Kästen, Kartons und Körben voller Flaschen an mir vorbei. »Wir suchen uns im Garten ein ruhiges Plätzchen und dann wird richtig einer geballert«, kündigt Horst an.

»Lasst es langsam angehen, es ist genügend da«, rate ich ihnen, »wollt ihr das Zeug lauwarm trinken? Ihr habt ja nichts zum Kühlen mit.«

»Uns egal. Schnaps und Bier wirken auch warm«, gibt Manuel seine Erfahrung kund.

»Ist klar, ich dachte auch eher an den Geschmack«, versuche ich es erneut.

Max, jetzt schon nicht mehr ganz standsicher, baut sich vor mir auf. »Geschmack hat man, wenn man Fußballfan ist und die deutsche Mannschaft gewinnt, oder wenn man Rostbratwurst mag. Jetzt geht es nur darum, einen zu saufen. Komasaufen ist geil. Beim letzten Mal habe ich kurz vor der Bewusstlosigkeit die Muttergottes gesehen und sie trug statt dem speckigen Baby den Weltpokal auf dem Arm.«

»Dann guten Durst, Jungs. Bei deinem Glück erscheint dir heute bestimmt Brad Pitt, im Nationaltrikot, und er schwenkt die Deutschlandfahne.«

»Brad – wer? Für welchen Verein spielt der denn?«

»Schon gut.« Ich gebe es auf. Erstaunlich, welche Mengen Alkohol diese Typen wegstecken. Die Promille setzen ihren Gehirnen offenbar nicht zu, oder gibt es dafür noch andere Gründe? Im Vakuum soll es, soviel ich weiß, ja auch keinen Wärmetransport geben. Wo nichts ist, kann durch nichts nicht noch weniger werden – diesen Spruch zitierte stets ein Lehrer von der Berufsschule, wenn einige Aspiranten über eine simple Dreisatzrechnung stolperten.

Mit einem Lächeln auf den Lippen schlendere ich ziellos durch den Garten, dessen Fläche eher einem Park gleicht. Falls auf dem Gelände jemand sterben sollte, kann es Wochen dauern, bis die Leiche gefunden wird. Ich komme an Tobi und Doris vorbei, die wie bei einem zünftigen Picknick auf einer Decke sitzen. Tobi lispelt Erklärungen über die Almbewirtschaftung in den bayrischen Bergen. Doris scheint mit den Gedanken überall zu sein, nur nicht in einer Sennhütte. Hildegard läuft umher und knabbert zufrieden beliebige Kräuter. Magisch wird sie von den leeren Blicken der dünnen Frau angezogen, doch jedes Mal, wenn die Ziege ganz nahe an Doris herantritt und ihr ins Gesicht schaut, fängt sie in kürzester Zeit an zu schielen. Mit einem Meckern macht sie dann kehrt, um sich wieder an den Gräsern schadlos zu halten. So geht es zwischen Doris und Hildegard einige Male hin und her. Tobi wird für alle drei den Überblick behalten müssen. Keine leichte Aufgabe.

Vor der Kastanie sitzen Leute im Gras. Leon mit seiner eckigen Brille erkenne ich auf Anhieb. In zweiter Reihe sitzen die Eheleute aus dem Hutgeschäft auf Klappstühlen. Interessiert geselle ich mich dazu. Wie ich mir dachte, spitzen Mulle und Opossum ihre Ohren, während Leon doziert. »Der Begriff Neoliberalismus wurde 1933 von einem Franzosen geprägt. Der mit ihm verbundene Inhalt hielt sich nicht konstant, sondern wechselte je nach Zeitgeist. Könnt ihr euch vorstellen, er sollte als dritter Weg gegen den Kommunismus und Kapitalismus eingeschlagen werden.«

Leon legt eine Pause ein, um an seiner Tasse zu nippen. Er trinkt nur biologisch angebauten Kamillentee von dem Feld seiner Mutter.

»Heute steht er für Marktfundamentalismus, in abwertender Form gemeint. In ihm sehe ich die Wurzeln allen Übels. Der Neoliberalismus ist dabei, unsere Erde zu zerstören. Die globale Weltwirtschaft, die deregulierten Märkte, speziell der Finanzsektor, fortgesetzte Privatisierungen bei gleichzeitig zurückgeführter Staatsquote sind Sargnägel in die Ökologie. Die Aufhebung der Marktgrenzen trägt gefährlich dazu bei, immer effektiver die Ressourcen unseres Planeten samt seiner Biosphäre zu plündern. Er schadet dem Gemeinwohl, denn das ganze Geld, das verdient wird, stammt aus der Vernichtung von sozialem, menschlichem oder natürlichem Kapital. So viel dazu.« Leon schaut in die Runde seiner Zuhörer.

»Genau. Immer weniger Superreichen gehört immer mehr Geld und Eigentum. Die Schere zwischen Arm und Reich klafft Jahr für Jahr weiter auseinander«, ereifert Opossum sich.

»Die Menschheit ist halt scheiße«, wirft Jeremy wenig differenziert ein.

»Diese Entwicklung kann niemand aufhalten, wie mich das ankotzt. In so eine Welt will ich keine Kinder setzen.« Mulle fletscht vor Wut ihre sanierungsbedürftigen Zähne. Leon zieht sich die Brille ab und wischt sich die Gläser. Seinem Gesichtsausdruck entnehme ich, dass er nicht glaubt, was er gerade gesehen hat.

Er setzt sich die Brille wieder auf, sieht noch mal verdutzt auf den Mund des Mädchens, aber dessen Beißer sehen noch genauso einprägsam aus wie vor ein paar Sekunden.

»Weil der Markt alles richten soll und darf, steigen die Mieten«, stöhnt der Mann aus dem Hutgeschäft.

»Richtig. Sogar die Preise für Amphetamine steigen ständig, trotz Überangebot und gesunkenen Produktionskosten«, ergänzt Opossum.

»Und wie! Der Preisanstieg für Speedies fällt wesentlich höher aus als der für Lebensmittel, den die Inflationsrate automatisch mit sich bringt. Wo ist da die Gerechtigkeit?

Wo greifen an der Stelle die Gesetze von Angebot und Nachfrage?«, ereifert sich Mulle noch mehr.

»Die Menschen können es nicht. Einer bringt den anderen um, einer beutet den anderen aus. Fressen und gefressen werden«, pauschalisiert Jeremy.

»In meiner Jugend hielten die Leute noch viel stärker zusammen, sie schauten nicht neiderfüllt aufeinander«, meint die alte Frau aus dem Hutgeschäft.

Leon gerät aus dem Tritt, bestimmt ist er sonst andere Gesprächsteilnehmer gewöhnt. »Die westlichen Demokratien können diesen destruktiven Strömungen derzeit keinen Einhalt bieten. Im Gegenteil, die Politiker verkommen zu Steigbügelhalter des Kapitals.«

»Politiker sind halt scheiße«, bestätigt Jeremy mit wenig Fantasie.

»Das sagtest du bereits«, examiniert ihn Leon.

»Nein, ich sagte, die Menschheit ist scheiße«, greift Jeremy den Fehdehandschuh auf. »Das eine schließt das andere ein. Politiker sind Menschen, wenn also die Menschen scheiße sind, um deine vulgäre Wortwahl zu verwenden, trifft diese Eigenschaft folglich auch auf die Politiker zu.«

»Nicht direkt«, hält Jeremy dagegen.

»Nein, aber indirekt.« Leon klingt gereizt. Später als Professor wird er es mit seinen Studenten sicher leichter haben.

Opossum springt auf. »Ich bin froh, auf der Straße zu leben, das ist meine Form, gegen den Neoliberalismus zu protestieren. Ich fühle mich wie ein politischer Gefangener im Hungerstreik. Mein Körper ist meine Waffe. Wenn ich dabei draufgehe, sterbe ich als Märtyrer für die gute Sache.« Pathetisch schlägt er sich mit der Geste eines Prätorianers aus einem monumentalen Sandalenfilm der 50er-Jahre an die eigene Brust.

»Wenn ihr mich fragt, krankt die Menschheit an vier

Buchstaben, nämlich GIER«, betont die alte Frau spitz. Leon bekommt keinen roten Faden mehr in die Runde. Doch als basisdemokratischer linksliberaler Intellektueller kann er dieses Sit-in nicht einfach wie ein Diktator beenden. Ich sehe ihm an, wie es hinter seiner Stirn rattert. Er ist drei Jahre älter als ich und wohnt wie Spiderman noch bei seiner Mutter, die ihn vergöttert. Für seinen Vater blieb unter den Begebenheiten wenig Raum in der unverbrüchlichen Zweisamkeit zwischen Mutter und Sohn. Er zog aus, sobald sein Sprössling in den Kindergarten ging. Leon ist noch Jungfrau, in jeglicher Hinsicht. Händeringend sucht er nach einem Ausweg aus seiner misslichen Lage, doch Mutti kann er nicht fragen, sie ist nicht da.

Dann heftet er einen bohrenden Blick auf Jeremy. Ich kann förmlich spüren, wie er Maß nimmt.

»Du da, hast du eigentlich gerne Pickel?«

»Was soll die blöde Frage? Natürlich nicht«, gibt der Bedrängte zurück.

»Lass mich raten, weil Pickel scheiße sind«, stichelt Leon.

»Eben.«

»Gehen deine Eltern beide arbeiten?«

»Ja, sonst kommen wir nicht über die Runden. Aber was hat das mit meinen Pickeln zu tun?«

»Nun, ohne den Neoliberalismus könnte eine Familie von nur einem Verdienst leben. Wäre einer von deinen Eltern zu Hause, würde derjenige sich besser um dich kümmern und darauf achten, dass du die nötigen Hygienestandards gegen die Pickel auch einhältst. Hättet ihr mehr Geld, müsstest du nicht billige, mit Chemikalien verseuchte Lebensmittel essen. Fertiggerichte, Schokolade, gezuckerte Cola, Pizza vom Lieferservice, Chips und Knabberzeug wären tabu. Verstehst du, der Neoliberalismus ist für deine Pickel verantwortlich.«

»Ich dachte, die kämen von der Aknedrüse.«

»Auch. Die Aknedrüse ist halt scheiße, gemäß deiner Formulierung. In den oberen Gesellschaftsschichten treten Pickel bei Jugendlichen viel seltener auf.«

»Du verarschst mich!« Jeremy schnellt nach vorne, er will seinem Widersacher an die Wäsche.

»Junge, ich bitte dich, den gesellschaftlichen Konsens zu wahren. Körperliche Gewalt erwies sich noch nie als probates Mittel, Konflikte zu deeskalieren.« Leon ist seinerseits auf den Beinen, er trägt sich jedoch mit dem Gedanken zu fliehen.

»Genau. Haltet es wie Ernie und Bert.«

Felix, ich hatte ihn nicht kommen hören, will sich zwischen die Kontrahenten werfen, bleibt aber mit dem Fuß am Stuhl des Hutverkäufers hängen. Der Mann kippt mit dem Stuhl zur Seite und reißt seine Frau mit um, die er unter sich begräbt. Felix landet auf den beiden, dabei verschüttet er das Bier in seiner Hand über Mulles Kleid, die unwillkürlich ausweicht. Bei ihrer Drehung trifft sie Leon mit dem Fuß am Knie. Es knirscht. Leon schlägt mit dem Hinterkopf gegen den rauen Stamm der Kastanie, schließlich bleibt er benommen auf der Seite liegen. Opossum und ich eilen ihm zur Hilfe, Jeremy bemüht sich mit Mulle, die drei anderen Körper im Gras zu entwirren. Felix rappelt sich hoch. Sofort streicht er sich das T-Shirt mit dem Ernie-und-Bert-Aufdruck glatt. Dem alten Mann ist die Hose zwischen den Beinen gerissen, seiner Frau sind die Zahnprothesen aus dem Mund gerutscht, sie umschließen den Stiel eines Löwenzahns, als wollten sie ihn in Eigenregie durchnagen. Leons Hornbrille hat den Aufprall nicht überlebt. Ein Glas ist hin, bei dem verbogenen Gestell fehlt ein Bügel.

Er selber kommt allmählich wieder zu sich. Er blutet nicht, auf seinem überdurchschnittlich intelligenten Hinterkopf hebt sich lediglich eine ordentliche Beule ab. Er fasst sich an sein linkes Ohr und beginnt zu schreien:

»Ich höre nichts mehr, ich bin taub, mein Ohr, mein armes Ohr, holt meine Mutter! Mami!«

Opossum setzt ihn auf, er stützt den Oberkörper des Schreihalses, damit ich das Ohr untersuchen kann. Der Lauscher sieht bis auf eine leichte Rötung ganz normal aus. In dem Gehörgang steckt allerdings eine runde, braune Masse, auf den ersten Blick unbekannter Herkunft. Ich schaue mir den Boden der näheren Umgebung an. Dort liegt eine Vielzahl der dunklen Bohnen herum. Sofort fällt mir das Kinderbuch von dem Maulwurf ein, der wissen wollte, wer ihm auf den Kopf gemacht hatte. Aufgrund einer sachkundigen Verknüpfung komme ich zu dem Schluss, Hildegard muss vor uns schon mal in der Nähe der Kastanie gewesen sein, und der schwer verletzte Leon wird durchkommen.

Grob vereinfacht ist es dem Neoliberalismus zu verdanken, dass diesem verschlagenen Muttersöhnchen Ziegenkacke im Ohr steckt. ›Also auch der Berufene, er tut sich nicht selber hervor, darum wird er erhoben, denn wer nicht streitet, mit dem kann niemand auf der Welt streiten.‹ Sobald Leon wieder steh- und gangsicher ist, stapft er wütend davon, ohne uns auch nur eines Blickes zu würdigen. Da zu allem Übel in dem Getümmel auch noch sein geliebter Kamillentee verschüttet wurde, gehe ich davon aus, dass er das erbauliche Fest verlassen möchte. Jeremy hingegen beruhigt sich nach zwei strammen Obstlern von dem Hutverkäufer-Ehepaar, die sich selber in gleicher Weise therapieren, rasch wieder.

Nur Felix lehnt sich geknickt an den Stamm des Baumes. »Mach dir nichts daraus, selbst die bedeutendsten Friedenstauben in Menschengestalt schaffen es nicht, jeden Konflikt beizulegen«, tröste ich die Nervensäge, »da können Ernie und Bert auch mal danebengreifen, kein Homo Sapiens ist unfehlbar.«

Felix ist den Tränen nahe. »Wir ja, aber nicht Ernie und Bert. Entweder habe ich die gute Sache nicht energisch genug vertreten, oder die Leute begreifen nicht den tieferen Sinn der durch die beiden Puppen übermittelten Botschaft.«

»Das wird es sein. Die Welt ist ein komplexes System«, konstatiere ich schwammig.

»Umso wichtiger ist es, ihren Problemen einfache Lösungen entgegenzusetzen.« Felix wird nicht mehr lockerlassen. Ich probiere es mit einem Strategiewechsel.

»Komm, wir gehen ins Haus und trinken was zusammen. Ich treibe für dich eine Tüte Kekse auf, die isst du doch so gerne, da kommst du gewiss auf andere Gedanken«, schlage ich vor.

»Du willst mich doch wohl nicht so billig abspeisen, als wäre ich das Krümelmonster?«

Ich klopfe ihm sachte die Wange. »War nur so eine Idee.«

Jeremy und die älteren Herrschaften schütteln ihre obstbrandseligen Häupter. Ich mache auf dem Absatz kehrt und wende mich anderen Ereignissen der berauschenden Ballnacht zu.

Gelächter, Pfiffe und ungestümer Applaus lenken meine Schritte zum Swimmingpool. Der Beckenrand ist komplett mit Frauen und Männern umstellt, bereitwillig gestatten sie mir, mich in die menschliche Mauer zu integrieren. Sheila plantscht in voller Montur in den Fluten herum, hinter ihr treibt der Pudel, ebenfalls in seinen Klamotten, in Rückenlage auf dem Wasser. Der Stab mit dem Lautsprecher und das Mikrofon ruhen auf dem Grund der Tiefen. Die Gesichter der beiden sprechen Bände. Freiwillig haben sie sich ganz bestimmt nicht für diese Abkühlung entschieden, die zweifelsohne bei dem Pudel sogar positive Effekte aufweist, sieht seine Rübe doch bei Weitem nicht mehr so bedenklich rot aus.

Versuchen die Unglücklichen an der Leiter oder am Rand aus dem Wasser zu steigen, stoßen die Zuschauer sie sofort wieder zurück, der Begeisterung darüber wird dann jedes Mal lautstark Ausdruck verliehen. Die ach so wortgewandte Moderatorin bietet im nassen Zustand einen Anblick, der bestätigt, was an Land bereits zu erahnen stand. Das nun noch engere und dezent durchsichtige Kleid zerrt gnadenlos ihre disharmonischen Proportionen ans Tageslicht, die dünnen Haare treiben wie vergessene Spaghetti im Spülwasser umher.

»Wer hat die beiden denn im Pool entsorgt?«, frage ich die Frau neben mir.

»Soviel ich weiß, die drei Besoffenen in den Fußballtrikots.«

Das sähe den Hooligans ähnlich. Bevor ich mich weiteren Spekulationen hingebe, haben die drei Kumpel mich auch schon erspäht.

»Hey, Partychef, was dagegen, dass wir der Alten samt ihrem Deppen einen Schwimmkurs gestattet haben?«, brüllt Manuel außer sich vor Freude.

»Keineswegs«, da bin ich ehrlich, »was hat euch denn zu dieser Maßnahme veranlasst?«

Zum Glück übernimmt es Horst, mir zu antworten, er ist der Schlaueste von der Gang. »Die eingebildete Kuh wollte uns einfach nicht in Ruhe lassen, entweder sollten wir blödsinnige Fragen beantworten oder für irgendwelche Spielchen herhalten. Wir haben sie jedes Mal weggeschickt, doch sie ließ sich nicht abwimmeln, sie kam immer wieder, wie eine lästige Scheißhausmücke.« Horst erntet tosenden Beifall der Umstehenden.

»Wir haben sie mehrfach ermahnt. Ohne Erfolg, wie du siehst. Die ist strohdoof. Sie behauptete allen Ernstes, der legendäre Uwe Seeler wäre ein Fernsehkoch. Da ist mir aber die Hutschnur gerissen. Ruck, zuck ging es platsch, platsch.« Der erneute Beifall gilt Max, für seine Erklärung des Hergangs.

»Die Alte ging mir schon den ganzen Abend auf den Sack. Euch auch?« Zustimmendes Gebrüll für Horst.

»So wie die geht man nicht mit Männern um, oder?« Manuel will noch einen draufsetzen. »Niemals!«, schreien selbst die Damen aus voller Kehle. Dann intoniert Max die Melodie eines bekannten Schlachtgesangs aus den Fußballstadien, dem er, sehr zu meiner Überraschung, aus dem Stehgreif einen neuen Text verpasst: Schwimm, wenn du 'ne Zicke bist, schwimm wenn du 'ne Zicke bist. Sofort stimmen alle, auch meine Wenigkeit, in diese liebliche Weise ein.

Der Pudel vermeidet es, mit den Mitgliedern des gemischten Chors in Blickkontakt zu treten, er achtet darauf, nur ja in der Horizontalen in den Himmel zu starren. Sheila, das falsch verstandene Supertalent, kocht vor Wut, ohne sich jedoch zu einer Reaktion hinreißen zu lassen, die alles nur noch schlimmer machen könnte. Nur gut, dass sie im kühlen Nass liegt, es würde mich allerdings nicht wundern, wenn aus dem Becken dicke Dampfschwaden nach oben stiegen. Mir kommt der Film ›Nebel des Grauens‹ in den Sinn, vielleicht erwuchs die Idee zu dem Streifen aus einer ähnlichen wahren Begebenheit.

»Lasst die beiden aber nicht absaufen!«, rufe ich nach ein paar Gesangsdurchgängen dazwischen und beweise damit meine Verantwortung als Gastgeber.

»Keine Sorge, noch fünf Minuten, sie sollen sich zumindest das Seepferdchen-Schwimmabzeichen erarbeiten.« Diese Ankündigung von Horst peitscht das Publikum noch mal richtig auf.

»Als Wasserleichen würden die nur die Filtersiebe verstopfen, wäre doch schade um den schönen Pool!« Jetzt hüpfen die Leute wie im Rausch auf und ab, das Gejohle will kein Ende nehmen. So wie es aussieht, hat sich Sheila nicht viele Freunde gemacht.

Ich habe genug von dem Schauspiel. Zugegebenermaßen schadenfroh wende ich mich in dem Vertrauen, dass die wilde Horde die beiden Verurteilten nicht ertrinken lassen wird, ab. Mal sehen, was sonst noch so läuft.

Vor dem Blumenbeet sitzen ein Rastatyp und der Kerl mit dem randvollen Rotweinkelch auf Gartenstühlen beisammen. Zwischen ihnen steht ein Ghettoblaster, aus dem, wie könnte es anders sein, sonnig frischer Reggae-Sound in einer beachtlichen Lautstärke fließt, was die angeregte Unterhaltung der Gesprächspartner dezent beeinträchtigt. Ich erhasche nur vereinzelte Wortfetzen. Der Reggae-Freak, Lukas mit Namen, so viel bekomme ich mit, trägt die Locken bis fast zum Hintern. Er steckt in Klamotten, die ihm um den Körper schlabbern, selbst die schwarz-gelb-grüne Ringelmütze auf dem Kopf darf nicht fehlen. Er raucht nur Selbstgedrehte ohne Filter, perfekt verkörpert er sämtliche Klischees, die Anhänger seiner Musik nun mal aufweisen. Rudolf, der andere, sieht für sein Alter recht brav und bieder aus, er könnte in einer Stadtverwaltung tätig sein oder im Museum an der Kasse sitzen. Über der Leinenhose hängt, aber nicht zu lang, ein Khakihemd, Sandalen und weiße Tennissocken runden das Bild ab. Der Seitenscheitel seiner kurzen Haare sitzt korrekt, wie mit einem Gewehr geschossen. Ob die beiden sich schon vorher kannten oder erst hier zum ersten Mal aufeinandergetroffen sind? Diese Frage beschäftigt mich.

Wieso eigentlich, es ist doch völlig unwichtig? Da habe ich es wieder. Warum macht mein Gehirn aus an sich sinnlosen Nichtigkeiten zwingend zu klärende Themen von enorm hoher Bedeutung? Das konnte ich schon immer gut, geistige Energien verschwenden, am Start bereits wissend, wie unsinnig mein Unterfangen ist. Doch lassen kann ich es nicht. Kein Wunder, dass ich in meinem Leben auf keinen grünen Zweig komme. Steckt kindliche Neugier dahinter oder Müßiggang, bei dem ich es mir leisten kann, belanglose Probleme zu wälzen, die keine sind, da ich sie erst dazu mache? Vielleicht bin ich auch nur ein arroganter Schnösel, der sich und der Welt beweisen will, ein analytischer Denker zu sein, der den Dingen auf den Grund geht. Bei diesem Phänomen kann es sich genauso gut um ein Defizit, im Sinne einer Zwangsstörung, handeln, oder, was mir am wahrscheinlichsten erscheint, ich habe schlicht und ergreifend eine gigantische Schraube locker.

Um es kurz zu machen, die beiden Vögel interessieren mich. Zur geschickteren Tarnung gehe ich vor den Blumen auf und ab. Eine einsame Biene stochert auf der Suche nach Nektar in den Blüten herum. Alle Achtung, wenigstens einer arbeitet heute noch. Meine volle Aufmerksamkeit widme ich den Satzfragmenten, ich mache mir allerdings nicht die Mühe, die fehlenden Stücke spekulativ in meiner Birne zu ergänzen.

»Tai Chi hilft gegen Blähungen ... meine Mutter ... Forschungsmagazin«, lässt sich der Reggae-Mann vernehmen.

Rudolf nickt verständig. Den wuchtigen Weinkelch füllt er ungefähr mit einer halben Flasche Rotem nach, seine Faust umschließt den gesamten Stiel wie einen Meißel.

»Halte nichts von Forschung ... der eine sagt so, der andere behauptet das Gegenteil ... Habe ich nicht nötig ... Freundin«, kommentiert er. Aus den Tiefen einer gewebten Umhängetasche, die keine Farbe des sichtbaren Spektrums auslässt, kramt Lukas nicht näher definierbare Bratlinge hervor, die er großzügig seinem Gesprächspartner anbietet. Munter vertilgen sie die Dinger. Während sie kauen, greift sich der Reggae demonstrativ an seinen Unterleib.

»Jetzt fehlt nur noch eins«, er grinst lüstern und knipst

mit dem Auge. Rudolf lächelt kumpelhaft. »Senf … Küche … Kühlschrank unten links.«

Rastalocke hebt den Daumen. So verschieden sie sind, kommen die Herren doch gut miteinander klar. Wer will behaupten, dass es für eine erfolgreiche Verständigung ganzer Sätze bedarf?

Lukas fährt fort. »Nur Fisch, kein Fleisch, kein Geflügel … gesund … meine Ex.«

»Zu viele Schwermetalle … schwierig, anständige Frauen zu finden … so, wie du aussiehst.«

»Stil … mache Praktikum bei einer Bank.«

»Spinner«, Rudolf stürzt den Wein in einem Zug herunter, »leckeres Gesöff … keine Kopfschmerzen.«

»Alkohol ist ungesund … Gras kaum Gesundheitsschäden … lindert Schmerzen, steigert Appetit … Palliativstation.«

Der Song ›No woman no cry‹ umspült die Jungs. Rudolf stutzt.

»Welche Radiostation … nur MP3.«

»Palliativ!«

»Egal … nie von diesem Sender gehört … kein Abi … Lehre.«

»Verstehe … Leute denken heute kaum noch.« Lukas nippt an seinem Bier.

»Karibik … lustige Musik … Urlaub … heute Abend.«

»Du hast doch keine Ahnung … nie da gewesen … Urheberrecht.«

Rudolf überlegt. Alles bekommt er nicht mit, was auf Gegenseitigkeit beruht. »Am liebsten Schlager … heilsam … Trost … Freundin auch.«

»Klar, mache ich.« Rastaman dreht die Lautstärke hoch.

›Get up, stand up‹ – Bob Marley scheint diesem ungewöhnlichen Dialog seinen Segen zu geben. »Okay … alles klar?«, will sich Lukas vergewissern.

»Verlobt … wissen wir noch nicht … drei Jahre.«

»Nein, viel älter ... Siebziger ... Protest – religiös ... friedlich.« Locke baut sich ganz entspannt eine Tüte, Rudolf
sieht ihm dabei erstaunt zu.

»Sehr lang ... nie gesehen.«

»Guter Indianertabak«, meint Lukas mit einem ver-
schwörerischen Lächeln. Nachdem er die Spitze leicht
zusammengedrückt hat, zündet er das Riesenteil an und
inhaliert tief. Er pustet eine enorme Qualmwolke in die
Luft. Der bitter-herbe Geruch kommt im Nu bei mir an.
Die sichtlich verwirrte Biene dreht noch zwei ungelenke
Runden um die Blüten, bevor sie die Flucht ergreift. Der
Rastamann hält dem unbedarften Jungen den Joint hin.
Nach erstem Zögern greift er, vom Rotwein ermutigt, zu.
Unbeholfen saugt er daran. Einatmen und heftiger Husten
folgen direkt aufeinander.

Rasta grinst hämisch. »Gut ... Wirkung ... kommt so
ganz schnell.«

Rudolf kommt nur allmählich wieder zu Atem, er schielt
dümmlich, die Augen sind bereits gerötet. Die Tüte wird
mehrfach hin und her gereicht. Rudolf, geschüttelt vom
Husten, hält den für ihn ungewohnten Rauch tapfer, so
lange er es irgendwie schafft, in den Bronchien. Von dort
aus findet das THC alleine den Weg in die Lunge, ins Blut,
ins Gehirn.

»Zuverlässiger Dealer ... guter Stoff.« Lukas lehnt sich im
wahrsten Sinne des Wortes breit in seinen Stuhl zurück.
Rudolf steckt im Land des Lächelns fest.

»Schwindelig ... leicht ... weit weg ... geile Mucke – leise.«
Er beugt sich zu dem Ghettoblaster hinab. Umständlich
dreht er an dem Knopf ganz links, ohne dass sich an der
Lautstärke oder an dem Sound etwas ändert. Dennoch
überkommt ihn eine nicht näher zu beschreibende Verzü-
ckung. Locke, der eindeutig über den besseren Überblick
verfügt, schwingt leicht mit dem Oberkörper.

»Was ...?«, krächzt er gegen die gleich gebliebene Dezibelzahl an. »Lauter ...!«

Rudolf stemmt sich zu einer Körperhaltung hoch, als habe er soeben den Nobelpreis in Wissenschaften erhalten. »Blödsinn ... Drehknopf vom Radio ... dicht.«

»Nein!«

»Doch!«

»Nein!«

Dann brechen beide in kreischendes Gelächter aus. Ebbt es ab, schwillt es jedes Mal, wenn sich die glasigen Blicke der schwebenden Kerle begegnen, in unverminderter Intensität wieder von Neuem an. Rudolf füllt sein Glas, beide kreischen, er stellt es auf den Tisch, beide kreischen, keiner bewegt sich, beide kreischen, der Rastamann kratzt sich am Kopf, sie brüllen vor Lachen, schaukeln mit den Stühlen. Nach dem Song ›Exodus‹, der die beiden Knalltüten gänzlich davontreiben lässt, mache ich die Biege. Laotse sagt: ›Wer seine Reinheit kennt und seine Schwäche wahrt, ist Vorbild für die Welt.‹

Angesichts dessen verlangt es mich nach einem weiteren Schluck des köstlichen Weißen. Ich komme am Pool vorbei. Nach Sheilas unfreiwilligem Bad herrscht in dessen blauen Wellen nun ein reges Gedränge. Suchtsubstanzen wie Alkohol bedürfen einer bestimmten Dosis und Zeit, um die Hemmungen aus einem Individuum zu verscheuchen. In Ermangelung adäquater Schwimmtextilien springen Kerle in Unterhosen oder Shorts ins kühle Nass. Die Damen behelfen sich mit Tops, T-Shirts, BHs, Röcken und Slips. Tangas oder Strings kann ich noch keine ausmachen.

Wie könnte es anders sein, die Wasserratten erzeugen bei ihrem Geplantsche und Gejaule einen Geräuschpegel wie auf einem Volksfest. Die durchsichtigen Oberteile der Mädels ziehen mindestens ein Dutzend Banditen an, die nur auf die Brüste geiern. Klar, die Hooligans stehen ganz vorne in der ersten Reihe. Rick verrenkt sich mitten im Pulk den Hals nach den dargebotenen weiblichen Kurven. Selbst Spiderman lässt sich die Chance nicht entgehen, Frauen, die nicht im Alter seiner Mutter sind, ins Visier zu nehmen, allerdings wirkt er ohne sein Netz in der Hand lange nicht so selbstbewusst. Mit einer neuen Flasche, die ich zur besseren Kühlung in einem mit Eis gefülltem Kosmetikeimer mit mir herumtrage, gedenke ich meiner Funktion als Hauswart in Form eines erneuten Kontrollgangs gerecht zu werden.

Im ersten Stock erspähe ich durch eine halb geöffnete Tür den unverkennbaren braunen Haarkranz von Wolle, dem Chef von meiner Stammkneipe, der mit dem Rücken zu mir sitzt. Mit einem freundlichen Hallo betrete ich das Wäschezimmer der Familie. Auf beiden Seiten Schränke bis zur Decke, ein Bügelbrett, eine Nähmaschine, Körbe, Hemden und Kleider liegen übereinander. Wolle, Wolfgang Hintmann, sitzt in einem niedrigen Sessel und blättert in einer Frauenzeitschrift.

»Freaky! Ich habe nach dir gefragt, aber von den merkwürdigen Partygängern wusste keiner, wo du steckst«, begrüßt er mich. Ich setze mich vor ihm auf den Teppich.

»Schön, dass du kommen konntest«, ich bemerke den traurigen Ausdruck in seinem Gesicht, »was hockst du denn hier oben so ganz alleine, ein paar von den Granaten unten lungern doch sonst auch in deiner Kneipe herum?«

»In der Kneipe muss heute Angie ran. Sie meinte, ich müsste dringend auf andere Gedanken kommen und sollte bloß deiner Einladung folgen.« Angie ist seine Frau.

»Was ist denn los mit dir? Du siehst aus, als kämst du von einer Beerdigung.«

»Das nicht, aber so ähnlich. Ich habe heute Morgen meinen besten Freund in ein Pflegeheim gebracht. Wir hingen schon in der Schule zusammen ab. Trotz unterschiedlicher

Berufe und Wohnorte riss der Kontakt nie ab. Er hieß – ich meine, heißt Günther, wir sind ein Jahrgang.«

»Bisschen jung für ein Heim.«

»Würde seine Geschichte in einem englischen Film mit rabenschwarzem Humor erzählt, käme ich aus dem Lachen nicht mehr heraus. Günni war in jungen Jahren ein vielversprechender Stabhochspringer, er schaffte sogar die Olympianorm. Doch sein fataler Hang zu Gin Tonic machte ihm einen Strich durch die Rechnung. Ungünstigerweise pinkelte er während eines Vorbereitungscamps im Vollrausch in den Schrank des Trainers, nachdem er sein eigenes Zimmer nicht mehr rechtzeitig finden konnte. Er wurde wegen ungebührlichen Verhaltens aus dem Kader geworfen. Später schaffte er es, einen unkündbaren Job bei der KFZ-Zulassungsstelle zu ergattern, was mir bei seinem, gelinde gesagt, unkonventionellen Lebensstil noch heute Rätsel aufgibt. Sämtliche Kollegen und Vorgesetzten kotzten ihn an. Das System ›Öffentlicher Dienst‹ fand er absolut widerlich. Kannst du dir vorstellen, er meldete sich bei einer der obligatorischen Weihnachtsfeiern der Belegschaft freiwillig für die Ausgabe und Zubereitung der Getränke, nur um alle Flüssigkeiten, die ihm in die Finger gerieten, mit eigens für diesen Anlass beschafftem LSD zu verseuchen.«

»Hammer!« Mein Interesse ist geweckt.

»Günni hat mir einiges davon erzählt. Das Zeug begann nach kurzer Zeit zu wirken. Der Vorgesetzte riss sich die Klamotten vom Leib, weil er glaubte, Termiten an sich zu haben. Aus Angst, sie könnten ihn auffressen, versteckte er sich im nächstbesten Klo. Diejenigen, die noch halbwegs bei Verstand waren, staunten nicht schlecht. Eine Frau kletterte auf eine Regalwand voller Akten, sie hielt sich für eine Blaumeise und übte oben den Flügelschlag. Einer verwechselte den Räucherlachs vom Buffet mit Pudding, er verspeiste die ganze Platte vornehm mit einem Dessertlöffel.«

»Zu Schaden kam aber keiner?«

»Nee, keiner kam auf die Idee, sein Auto zu nutzen. Soviel ich weiß, musste eine Frau zwei Tage im Irrenhaus verbringen, weil sie partout nicht davon abzubringen war, mit einem insulinpflichtigen Grizzlybären verheiratet zu sein. Krasse Sachen liefen da ab. Günni, der einen riesigen Spaß dabei hatte, durfte sich natürlich nichts anmerken lassen. Wegen der sexuellen Enthemmung ging es kopulationstechnisch drunter und drüber. Ein Mann fand den Staubwedel der Reinigungskraft, er steckte ihn sich mit dem Griff zuerst hinten rein, anschließend ging er als vermeintlicher Pfau auf die Balz. Eine andere Frau entwendete aus sämtlichen Handtaschen der restlichen Damen die Kosmetikartikel, schmierte sich mit dem Zeug wahllos voll, sie fühlte sich in die Welt des ›Avatar‹-Films versetzt. Ein Kerl soff fast einen ganzen Putzeimer Wasser leer, weil er sich kurz vor dem Verdursten in der Wüste wähnte.«

»Und wie endete die ganze Angelegenheit?«

»Günni erzählte mir, nach einigen Stunden ließ bei den meisten die Wirkung nach. Einige Kollegen fanden sich in zutiefst peinlichen Situationen wieder. Wer sich auch nur bruchstückhaft erinnerte, schämte sich in Grund und Boden. Weißt du, Männer hatten es mit anderen Männern, Frauen mit Frauen gemacht, ohne sich vorher ihrer Neigungen bewusst zu sein. Auch in der Heterofraktion sei die oft abstruse Wahl, wer mit wem und vor allen Dingen wie gestöpselt hatte, im Nachhinein allen Beteiligten mehr als bitter aufgestoßen. Wer in einer Beziehung lebte, musste realisieren, seinen Partner betrogen zu haben.«

»Junge, Junge, tolle Story.«

»Die Belegschaft einigte sich darauf, über die denkwürdigen Ereignisse der Weihnachtsfeier Stillschweigen zu bewahren. Bei der Frau in der Psychiatrie stellten sie LSD im Urin fest, was sie zu ihrer Ehrenrettung nach der Entlassung bereitwillig den Kollegen mitteilte. Diese Information entlastete jeden Einzelnen und beendete die allgemeinen Spannungen innerhalb des Teams. Sämtliche Spekulationen darüber, wie die Droge verabreicht wurde und von wem, verliefen ergebnislos im Sande. Günni geriet zu keiner Sekunde unter Verdacht.«

»Tarnung ist alles. Meine Rede.«

»So war Günni. Immer das Gegenteil der Masse. Nicht gewalttätig oder wirklich kriminell, doch legte er absoluten Wert auf Individualität. Ideen, auf die keiner kam, waren sein Markenzeichen. Er mochte alles Anarchistische, verabscheute gesellschaftliche Konventionen. Klar, im Job passte er sich an, so gut es ging, aber in seinem Inneren nie wirklich. Ich erinnere mich noch an seine Zeit als Zivildienstleistender in einem Altenheim. Dort musste er die grässlichsten Arbeiten verrichten. Am Ende seiner Zeit hatte er so viele alte Menschen beiderlei Geschlechts gewaschen, dass er seinen Zustand kaum noch ertrug. Eines Abends saßen wir zusammen und soffen uns einen an. Er sagte, er habe so endlos oft die Senioren gewaschen, er könnte deren Genitalbereiche ganz bestimmt mit verbundenen Augen einfach nur durch Betasten erkennen. Daraus entwickelte er das Szenario, mit dieser Fähigkeit bei der Fernsehsendung ›Wetten, dass ...‹, die damals noch im ZDF lief, aufzutreten. Er malte sich aus, wie er an einer Reihe Kabinen, in deren Türen sich mittig eine herzförmige Öffnung für seine Hand befinden sollte, vorbeiginge, dort hineingreifen würde, um die darin verborgene Person, natürlich nur als zugeteilte Nummer, zu benennen.«

Allein bei der Vorstellung kann ich mich vor Lachen kaum noch halten. »Schön irre, der Kerl. Ich glaube, ich hätte ihn gemocht.«

Wolle nickt. »Hättest du auch. Jetzt hockt er selber in so einem Heim.«

»Was ist ihm denn widerfahren?«

»Günni führte nie eine längere Beziehung, obwohl er genau das immer wollte. Mit seinem eigenwilligen Charakter sprengte er zu sehr die Norm. Zunächst galt er bei den Frauen als erfrischend anders, doch nach kurzer Zeit waren seine Ladys, wie soll ich sagen, mit ihm überfordert und sie sehnten sich nach den ihnen bekannten Mustern zurück. Es lief so ab, als hätten sie sich einen exotischen Vogel gekauft, von dem sie nicht wussten, wie er zu halten war beziehungsweise gefüttert werden musste. Diese Unsicherheit trieb sie wieder in die Arme der Nullachtfünfzehn-Typen zurück. Vor drei, vier Jahren geriet er an eine, deren Haut an vielen Stellen von einem Virus befallen war. Günni infizierte sich beim Knutschen und so. Grob verkürzt geriet das Dreckszeug über den Magen-Darm-Trakt ins Blut, landete am Ende im Gehirn, wo es sein Zersetzungsprogramm bis hin zur völligen Verblödung begann. Klar?« Wolle hängt seelisch in den Seilen, gequält sieht er mir in die Augen.

»Das tut mir leid. Ich weiß nicht, was ich sagen soll.« Ich halte ihm mein Weinglas hin.

»Nein, danke, ich brauche gleich etwas Stärkeres«, lehnt er ab, »ich bleibe noch eine Weile hier sitzen, dann habe ich mich wieder im Griff.«

»Nur zu.« Ich stehe auf.

»Ach, bevor ich es vergesse, wie bist du denn an die ganzen schrägen Vögel geraten? Vorhin bin ich an einer noch recht jungen Frau vorbeigekommen, die in ihrem nassen Kleid und der verlaufenen Wimperntusche wie ein gerupftes Huhn aussah, das in ein Ofenrohr gepustet hat.«

»Du meinst Sheila, die selbsternannte Königin der Unterhaltung.«

In kurzen Sätzen erzähle ich ihm die Begebenheiten um die besagte Dame. Ein Lächeln huscht über sein Gesicht und schiebt für ein paar Sekunden den Kummer zur Seite.

»Das wäre was für Günni gewesen.«

»Glaube ich dir ungesehen. Bis gleich.« Leise ziehe ich die Tür hinter mir zu.

Im Flur stehen Leute herum. Die Zimmer sind ebenfalls belagert. Menschliche Stimmen dringen von überallher zu mir, selbst hinter geschlossenen Türen lassen sie sich vernehmen, gedämpft klingen sie wie ein beängstigendes Wispern. Aus einer Ecke erreicht mich der Sound einer Akustikgitarre, ein Mann und eine Frau singen im Wechsel miteinander, beide können den Ton nicht halten, was ihrer Inbrunst, die ich von der Lautstärke ihres Vortrags ableite, keinen Abbruch tut. Fast alle Menschen, die mir in meinem Leben begegnet sind, lieben es förmlich, sich selber etwas vorzumachen. Oft wird der Selbstbetrug zur einzigen Erfüllung, der schöne Schein ist doch so bequem. Mir soll's recht sein. Ich erklimme das nächste Stockwerk darüber, wo die Dachschrägen beginnen. Über einen Mangel an Wohnraum können sich die Besitzer nun wirklich nicht beklagen. Doch heißt es nicht, je mehr er hat, je mehr er will? Und hinter jedem Vermögen steckt ein Verbrechen? Was ich hier treibe, ist alles andere als legal, ein wenig komme ich mir wie ein Parasit vor. Laotse sagt: ›Je mehr Dinge es in der Welt gibt, die man nicht tun darf, desto mehr verarmt das Volk.‹ Ergänzend dazu: ›Je mehr Gesetze und Befehle prangen, desto mehr gibt es Diebe und Räuber.‹

Auch bis ganz nach oben haben sich die Gäste verstreut. Mir kommt ein Mann entgegen, dessen Gesicht mir bekannt vorkommt. Er trägt eine dunkelgrüne Gärtnerschürze, blaue Gummistiefel, und auf dem Kopf sitzt schief ein Strohhut. Aus einem Korb heraus verteilt er Erdbeeren. So wie er geht, ist er nicht mehr ganz nüchtern.

Er bleibt vor mir stehen und zeigt auf den Korb. »Auch ein paar?«

Seine Alkoholfahne riecht nicht nur frisch, sondern

auch abgestanden, sie stammt zum Teil noch von gestern. Mit solchen Details kenne ich mich aus.

»Nein, danke.«

»Ich bin der Erdbeerlord, greif zu«, fordert er mich erneut auf. In diesem Moment dämmert es mir. Sein Foto schmückt die Werbeblättchen der umliegenden Supermärkte, die mit regionalen Produkten bei den Verbrauchern punkten wollen. ›Erdbeeren so frisch und rein, können nur von Meier sein‹ lautet der dümmliche Slogan, der sich, wie man sieht, sehr gut einprägt. Als wären die Ackerböden aus der Umgebung nicht genauso verseucht wie die, die 500 Kilometer weiter weg liegen. An den eingesetzten Pestiziden und Herbiziden ändert eine schöngeredete Nähe zum Supermarkt ebenfalls nichts. Aber das ist ein anderes Thema. Zumindest verkürzt man auf diese Weise die Transportwege.

»Meine Alte ist gestern mit einem anderen durchgebrannt«, fällt er mir gegenüber unaufgefordert mit der Tür ins Haus, »meine Kinder wollen nichts von mir wissen und mein Vater hält mich für einen Versager.«

Der Erdbeerlord muss wohl sein Herz ausschütten. Storys über die Niederungen menschlichen Seins ziehen mich seit jeher in ihren Bann. Wahrscheinlich suhle ich mich darin, dass meine eigene Lage im Vergleich zu den anderen dann gar nicht so schlecht abschneidet. In einer schmalen Abstellkammer voller Kinderspielzeug finden wir ein ruhiges Plätzchen.

»Sieh dir diese Hände an! Was fällt dir an ihnen auf?«

Ich schaue genau hin. Die Hände sind grob, abgearbeitet und, besonders im Bereich der Fingernägel, nicht die saubersten.

»Alles, was ich bin und besitze, verdanke ich ihnen.«

Soviel ich weiß, hat der Erdbeerlord, als einziger Sohn, den vorher schon gut laufenden landwirtschaftlichen Betrieb von seinen Eltern übernommen und der Vater hält noch immer den ganzen Laden zusammen. Der Kerl mit dem Strohhut wartet meine Antwort nicht mal ab.

»Alles stammt von meiner Hände Fleiß.«

Da ist er wieder, der typisch deutsche »Hände-Fleiß«, ob der auch in anderen Ländern vorkommt? Doch die Mutmaßungen darüber würden eindeutig zu weit führen. Der Angetrunkene dreht seine Pfoten vor dem eigenen Gesicht hin und her, ungläubig starrt er auf sie.

»Kannst du dir vorstellen, dass ich am Ende meine Alte nicht mehr mit ihnen anfassen durfte? Nicht nur zwischen den Beinen, sondern überall? Zu rau und zu schmutzig waren sie ihr! Das Vermögen samt dem hohen Lebensstandard, den ich mit ihnen erwirtschaftet habe, fand sie hingegen völlig in Ordnung. Gerne fuhr sie mit dem Sportwagen zum Shoppen, um nur ein Beispiel zu nennen. Der Hundekrüppel, mit dem sie weg ist, arbeitet bei einer Softwarefirma, ich wette, der hatte noch nie dreckige Fingernägel, geschweige denn jemals körperlich geschuftet, so wie ich seit meiner Kindheit.«

Es fehlt nicht mehr viel und ihm rollen die Tränen. Ich kann es nicht lassen, mir vorzustellen, wie diese Tatzen über Susis Körper gleiten und daran herumgrapschen. Mit einem energischen Nein stoppe ich den Film, der gerade in meinem Kopf anläuft.

»So kann es gehen«, meine ich lahm, »sei froh, dass du kein Bestatter bist, dann hättest du es bestimmt noch schwerer gehabt.« Wie ich auf diesen Blödsinn komme, bleibt mir ein Rätsel.

Doch siehe da, der gehörnte Nochgatte springt an, als habe ihn der Flügel des Trostes gestreift.

»Genau! Vorher macht er sich an den Leichen zu schaffen und nach Feierabend küsst er seine Frau auf den Mund, umarmt sie, drückt sie an sich, vielleicht riecht er sogar noch süßlich-muffig nach den Toten? Dieselben Griffel spielen mit den Kindern. Und abends im Bett befingern seine Totenkrallen den Körper der Frau. Ob eine Frau in solchen Momenten die Tätigkeit ihres Mannes ausblenden kann?«

Ich zucke mit den Achseln. »Im günstigsten Fall steht sie darauf.«

Nun plagt mich das Bild eines Bestatters, der sich im neutralen grauen Anzug und weißen Seidenhandschuhen lüstern über Susi hermacht.

»Meinst du, so Frauen gibt es?« Entsetzt reißt der Erdbeerlord seine Augen auf.

»Ich weiß nicht, möglich ist alles.«

»Ob es auch weibliche Bestatter gibt?«

»Warum nicht?« Erneutes Achselzucken meinerseits.

»Okay«, er nickt, »mir fallen gerade die Gynäkologen ein, die sind doch oft verheiratet, wo die überall mit ihren Fingern hinlangen. Oder die Chirurgen, die Gerichtsmediziner und dann noch die Typen, na, wie heißen sie noch, die sich nur mit dem Hinterausgang beschäftigen?«

»Proktologen!«, ergänze ich pflichtschuldig.

»Die meine ich. Wie kann man sich nur für diese Fachrichtungen entscheiden?«

Mir stockt der Atem. Wie bei einem heiteren Beruferaten ziehen Vertreter der vorgenannten Professionen, bis auf ihre offen stehenden weißen Kittel nackt, an meinem geistigen Auge vorbei. Jeder Einzelne will sich auf Susi stürzen, die sich, wie in einem Albtraum gefangen, nicht von der Stelle rühren kann. Schweiß perlt auf meiner Stirn, ich muss der Enge dieser Kammer entfliehen.

»Wie heißt du eigentlich?«, frage ich meinen Gesprächspartner unvermittelt

»Gottlieb.«

»Freaky.«

»Ah, dann stammt die Einladung aus dem Netz also von dir.«

»So ist es.«

»Wie du siehst, bin ich direkt vom Feld hierhin gekommen. Mein Karren steht unten auf dem Rasen.«

»Schön für dich. Mit den Erdbeeren steigen in dem Trubel ganz bestimmt deine Chancen. Es sind jede Menge nette Mädels da.«

»Meinst du?«

»Ehrlich.«

Die vage Aussicht, an eine Frau geraten zu können, wirkt nahezu wiederbelebend auf Gottlieb. Unter der magischen Kraft der Verheißung richtet sich sein Körper wie von selbst auf und strafft sich.

»Danke, Kumpel!«

»Kein Ding.«

In eigener Sache unterwegs lässt er mich stehen. Ich atme tief durch. Ich muss den Impuls unterdrücken, panikartig nach Susi zu suchen, die ich schon wieder seit einiger Zeit nicht mehr gesehen habe. Die Bilder von vorhin steigen erneut in mir auf. Ich irre in der Bude zwischen den Gästen umher. Locker gehen mir die Kontakte von der Hand, fast schon professionell, denke ich ein wenig beschämt über mich selber, als wäre ich ein aalglatter Promi aus dem Fernsehen. Was bilde ich mir eigentlich ein, was ich bin? Im Grunde genommen halte ich mir die Leute mit meiner neutralen Freundlichkeit doch nur auf Distanz. Ich verstecke mich bis zu einem gewissen Grad und gebe so gut wie nichts von mir preis. Wieder rollt die Frage ›Was mache ich hier eigentlich?‹ wie eine turmhohe Welle durch mein Gemüt. Selbst der vorsätzlich herbeigeführte Gute-Laune-Abend enthält einen Wermutstropfen. Das anarchistische Moment gerät ein ums andere Mal ins Stolpern. Scheiß drauf, sage ich mir, du hast es angefangen, jetzt bringst du es auch zu Ende. Denn, wie ich heute gelernt habe, was hat schon einen Sinn?

Wie soll ich den ›Nichtwert‹ eines Gedankens, einer Tat,

den von Dingen oder dem gesamten Sein erkennen? Laotse war bestimmt nicht in meinem Alter, sondern ein gutes Stück darüber, als ihm seine glorreichen, unsterblichen Sätze einfielen. Ich weiß genau, die meisten Menschen aus meinem Umfeld halten mich für einen Pessimisten, aber das stimmt nicht. Ich sehe in mir einen Realisten, was mich offenbar von ihnen unterscheidet. Die Vorstellungen, die wir zu den Dingen entwickeln, haben häufig wenig mit dem Faktischen gemeinsam. Wir streben zu sehr danach, Bildern von uns selber entsprechen zu wollen, ohne dem eigenen Ich dabei auch nur einen Millimeter näherkommen zu können. Selbstbetrug ist aller Laster Anfang. Bei meinen Schritten werde ich das Gefühl nicht los, als würde mich das Tao-Te-King in der Hosentasche wie ein zentnerschwerer Stein nach unten ziehen. ›Also auch der Berufene: Er ist Vorbild, ohne zu beschneiden, er ist gewissenhaft, ohne zu verletzen, er ist echt ohne Willkürlichkeiten, er ist licht, ohne zu blenden.‹

Die Sonne geht unter. Den Temperaturen nach können wir uns auf eine tropische Nacht einstellen. Bei meinem Rundgang bekomme ich beiläufig mit, wer mit wem in welchem Zimmer verschwindet. Pärchen der unterschiedlichsten Konstellationen setzen sich wie nach einer Art Zufallsprinzip zusammen. Hierzulande benötigen die Menschen Alkohol oder andere Substanzen und den Schutz der Nacht, um sich freizügig sexuellen Abenteuern hinzugeben, im besten Fall sogar legitimiert durch Karneval, Partys sowie besagte Weihnachtsfeiern. Gelegenheit macht Diebe, sagt man. Die Geschickten lassen ihren jeweiligen Partner sicherheitshalber zu Hause. In puncto Fremdgehen ist es den Damen bereits vor Jahren gelungen, mit den Kerlen gleichzuziehen. Soll mal einer sagen, wir leben nicht in einer gleichberechtigten, pluralistischen, aufgeklärten Gesellschaft.

Auf den Fluren stehen die Leute im wahrsten Sinne des Wortes vor den verschlossenen Türen Schlange, die Bäder werden nicht ausgespart. Wenn es den Wartenden dann doch zu lange dauert, klopfen sie ungeduldig an und mahnen Tempo an. Eine Männerstimme donnert aus einem der begehrten Räume heraus: »Hier ist das Einwohnermeldeamt, ziehen Sie eine Nummer und warten Sie, bis Sie aufgerufen werden.« Nicht alle, die auf Einlass drängen, können darüber lachen. Es ertönt Musik unterschiedlichster Stilrichtungen, Wasser plätschert oder rauscht in den Duschen, Gekeuche, Gestöhne, spitzige Schreie, donnerndes Grunzen erfolgter Ejakulationen, ja, ja, ja, weiter, tiefer, nein, nein, nein, oh Gott – der darf nicht fehlen. So gesehen ist hier richtig was los. Für die Leute die einfach so, ohne spezielle Absichten, herumstehen, stellt diese Geräuschkulisse bei dem Versuch, sich möglichst unverfänglich zu unterhalten, ein nicht zu leugnendes Hindernis dar. Bringe Menschen zusammen und es wird aufgrund unterschiedlichster Motivationen kompliziert.

Einige Frauen und Männer, die bereits als Paare zur Party erschienen sind, ziehen lange Gesichter, als hätten sie sich aneinander abgearbeitet. Der Mensch ist ein Gewohnheitstier, da scheint nichts mehr zu knistern. Sie sind gezwungen, sich auf eine andere Art zu amüsieren. Die Frauen kichern laut und schrill, wer nicht gesehen wird, will wenigstens gehört werden. Die Männer erhöhen die Schlagzahl beim Alkohol. Die Geschlechter unterscheiden sich nun mal in der Wahl ihrer Methoden. Mir sind solche tristen Erfahrungen mangels Dauer der Beziehungen bisher erspart geblieben und zum Glück bin ich solo. Obwohl ... In meinen Reflexionen gefangen beende ich den Rundgang. Eine Weile ruhig sitzen wäre nicht schlecht. In der Küche pflanze ich mich zu der Sinnsucherin und Felix an den Tisch, die über eine Flasche Korn hinweg fachsimpeln. Meine Anwesenheit stört sie überhaupt nicht. Elvira fühlt sich noch von ihrem Start auf der Party schlecht und missverstanden. Die Enttäuschung über das aus ihrer Sicht tumbe Volk muss irgendwo hin. »Es liegt nicht an meiner Überzeugung, oder an meiner Person. Die Leute hier sind extrem ungebildet, richtig ignorant«, jammert sie. Felix mag ihr nur bedingt zustimmen. »Ernie kann auch ein Ignorant sein, allerdings auf eine schelmische Art und dabei schon wieder liebenswert. Oft genug kann der arme Bert sich einen Knoten in die Zunge reden, ohne dass seine Erklärungen bei Ernie Gehör finden.«

»Die Ochsen hier erscheinen mir überhaupt nicht lieb-frech. Für mich ist es rückblickend ein verlorener Abend. Wenn ich dort, wo es sinnlos ist, nach dem Sinn zu suchen, suche, macht es einfach keinen Sinn«, stellt sie beküm-mert fest.

»Darauf trinken wir.« Felix nimmt einen Schluck direkt aus der Flasche. Elvira macht es ihm nach.

»Wie man letztlich doch zusammenhält, Freundschaft, das ist der Sinn. So wie bei Ernie und Bert.« Felix spult seine Platte ab.

»Mag sein. Doch was du sagst, kann nur eine Ausprä-gung des übergeordneten Sinns, wenn du so willst, des Metasinns sein.«

»Wenn du das doch so genau weißt, warum musst du dann überhaupt noch suchen? Warum gehst du nicht schnurstracks zu dem Metasinn und fertig ist die Laube?«

»Nun ja, ich weiß zwar, dass es ihn gibt, aber nicht, wie er aussieht, aus was er besteht, was er beinhaltet. Viel-leicht würde ich ihn sogar übersehen«, gibt die in weiß Gehüllte zu bedenken.

»Du willst mir doch nicht allen Ernstes weismachen, du suchst etwas, von dem du nicht genau weißt, was es ist. Soll heißen, es könnte vor deiner Nase sein und du wür-dest es unter Umständen noch nicht mal erkennen?«

»Auf der praktischen Ebene ja, aber nicht auf der Metaebene. Das eine ist der Geist, das andere das Sein. Ich schätze mal, der Sinn ist der Vermittler zwischen beiden«, Elvira nimmt einen Schluck, »aber nicht heute, heute brauche ich Ruhe vor mir selber.«

»Das ist der Unterschied. Bert braucht nur ab und zu mal Ruhe vor Ernie, jedoch nie vor sich selber, weil er wegen seiner versöhnlichen Art mit sich selber im Reinen ist. Und im Gegensatz zu dir ist er nicht einsam.« Felix prescht enorm vor.

Elvira merkt auf. »Woher willst du wissen, ob ich einsam bin?«

»Hast du denn jemand?«

»Nein«, gesteht sie kleinlaut, »wer soll es denn mit mir aushalten, ich habe eine Mission, zudem bezweifle ich, ob Partnerschaften einen Sinn ergeben.«

»Das weiß man nie. Nachher ist man immer schlauer. Freundschaften wie die von Ernie und Bert sind beständiger, längst nicht so anstrengend, und laufen, trotz gelegentlicher Reibereien, wesentlich friedvoller ab als jede Paarbeziehung. Die Enttäuschung fällt einfach geringer aus.«

Die Sinnsucherin antwortet nicht, sie wartet ab.

»Und was ist mit Sex?«, hakt Felix nach.

»Na ja, so groß ist der Unterschied zwischen den verschiedenen Männern nicht. Ich habe unterschiedliche Fabrikate ausprobiert. Letzten Endes läuft es immer darauf hinaus, dass ein Pimmel irgendwie, irgendwo hineingesteckt werden soll. Männer an sich sind primitiv, stupide. Dafür können sie nichts, das hat die Natur ihnen so mitgegeben.«

Felix fällt die Kinnlade herunter. Elvira, gar nicht so weltfremd, spürt seine Verwirrung und setzt eiskalt nach. »Du lebst mit deinen Ernie-und-Bert-Puppen ohne Unterleib in einer Scheinwelt. Was weißt du schon vom Leben?«

»Genug, um den Wert von Harmonie, Respekt und An-

stand zu schätzen. Deine Argumentation entbehrt jeglichen Sinns. Mir stellt sich echt die Frage, was du in Wirk-
lichkeit suchst.«

Elvira hebt die Flasche. »Jetzt wird der kleine Scheißer
noch polemisch. Heute suche ich die Betäubung, den
Rausch. Prost!«

Sie zieht genüsslich einen großen Schluck weg. Nun hat
sich das Blatt gewendet und Elvira die Oberhand behalten.
Felix blickt zerknirscht aus der Wäsche.

»Ich dachte, wir könnten uns mögen.«

»Um dann zusammen unter deiner Ernie-und-Bert-
Bettwäsche zu versinken? Sex mit einem Sesamstraße-
Kondom, von Kermit getestet? Nichts für ungut, aber das
ergibt keinen Sinn.«

»Du kommst mir vor wie jemand, der sich geistig einen
runterholt«, bricht es mit einem wütenden Unterton aus
Felix heraus.

»Bei uns Damen heißt das masturbieren«, korrigiert sie
ihn.

Entschlossen greift sich Felix die Flasche. »Stimmt, wie
konnte ich das nur verwechseln.« Er setzt die Pulle an.

Für mich ist es an der Zeit aufzustehen. »Schönen ge-
meinsamen Abend noch, die Herrschaften«, rutscht es
mir boshaft über die Lippen.

»Ebenso«, entfleucht es dem Ernie-und-Bert-Priester.

»Dein Spott ist sinnlos«, wirft Elvira mir ein sprachli-
ches Messer nach.

Seltsam, wie resolut die Frau in dem Gespensterkleid auf-
treten kann. Es macht eben doch etwas aus, ob der Alkohol einem die Zunge löst. ›Der Sinn ist aller Dinge Heimat,
der guten Menschen Schatz, der nicht guten Menschen
Schutz‹, so steht es im Tao-Te-King. Einem der Gäste ist es
gelungen, die Lichtschalter für den Garten nebst den anderen Außenanlagen zu finden. Bei der Größe des Grund-

stücks gleicht die stilvolle Illumination der Beleuchtung eines Rollfeldes moderner Flughäfen, in einen Hauch von Unwirklichkeit getaucht. Ich streife draußen umher. Auf dem gepflasterten Weg zur Doppelgarage stoße ich erneut auf den Erdbeerlord, der einen einachsigen Karren, wie auf einem Postkartenidyll mediterraner Inseln, vor sich herschiebt. Sehr zu meinem Erstaunen räkelt sich auf dessen Ladefläche Sheila, von einem rosafarbigen Jogginganzug umhüllt, in lasziven Positionen herum, als wäre sie das Playboy-Girl des Monats. Wer sagt es denn, jeder Pott findet seinen Deckel. Stehvermögen hat sie, das muss man ihr lassen. Der Pudel ist nicht mehr zu sehen. Wahrscheinlich zählt er zu den Verlierern des Abends.

»Du bist ein wahrer Freund.« Gottlieb zwinkert mir zu. Es fehlt nur noch der Handschlag, mit dem bei traditionellen Großviehmärkten der Handel besiegelt wird.

Sheila indes ignoriert mich, nicht bewusst oder weil sie sauer auf mich ist, sondern sie widmet sich ganz der neuen Rolle, in die sie geschlüpft ist. Die Hooligans sind aus ihrer Versenkung auf die Bühne der Party zurückgekehrt. Sie bilden einen Halbkreis um Paula, die, unverkennbar belustigt, ein Gespräch mit den Burschen führt. Ich wundere mich, dass die Heinis noch stehen können. Mit dem Reden ist allerdings nicht mehr viel, was sie jedoch nicht davon abhält, Paulas mit Fremdwörtern gespicktem Vortrag über die Hintergründe und Vorteile der veganen Ernährung andächtig zu lauschen. Paula unterbricht sich selber wiederholt mit einem herzhaften Lachen, sie nimmt den Banausen ihre genuschelten, inhaltsarmen Kommentare nicht krumm.

»Siehst du, dann liegen wir mit unseren Chips und Erdnussflips doch gar nicht so schlecht«, meint Max, der sich plump seine rutschende Hose bist fast unter die Achselhöhlen hochzieht.

»Es ist zumindest ein Anfang«, stimmt Paula zu.

»Fußbälle aus Leder aber nicht«, gibt Horst zu bedenken.

»Wohl kaum«, unterstreicht Paula.

»Veganer, Vegetarier – wer soll da noch durchblicken«, mokiert sich Manuel, unbewusst bohrt er sich mit dem Finger im Ohr, »in jungen Jahren war ich Genitalier, zählt das auch?«

»Nur bedingt.« Mit einem Lächeln gibt Paula auf.

Unversehens verbeugt sich Horst vor ihr. »Darf ich bitten, wie wäre es mit einem Tanz?«

»Ein Tanz, hier ohne Musik?« Sie zeigt sich skeptisch.

»Ein Walzer, ich führe. Gestatten, schöne Frau?«

Paula lässt sich auf das Spiel ein. »Sehr wohl, der Herr.« Mit einem gezierten Knicks aus den Sissi-Filmen nimmt sie seine Aufforderung an.

Horst umfasst Paula. Mit einer Leichtfüßigkeit, die ich ihm überhaupt nicht zugetraut hätte, schiebt er los. Die Veganerin wirft den Kopf hin und her. Max und Manuel klatschen dazu in die Hände, wobei sie nicht einmal den Takt treffen. Egal, bei den Hooligans steht der Spaß vor der Qualität, sie nehmen es so, wie es kommt. Sie verschaffen sich miteinander jene Freuden, über die grüblerische Geister, in ihrem ständigen Zweifel an der eigenen Gattung, nur mürrisch mit dem Kopf schütteln würden. Kann man das den drei Ganoven vorwerfen? Wohl kaum. Dafür könnte man sie glatt beneiden.

Ich höre eine weibliche Stimme meinen Namen rufen. Wenn ich das ganze Geschnatter um mich herum herausfiltere, müsste es sich um Susi handeln. Jetzt gilt es den lieblichen Klang zu orten. Ich schaue nach oben. Aus einem der Fenster direkt unter dem Dachgeschoss, die wesentlich breiter als hoch sind, hängt Susis Kopf heraus, ihr linker Arm winkt mir zu.

»Komm hoch, ich muss dir was zeigen.«

»Okay, ich bin gleich da.«

Ich unterdrücke den Drang loszuspurten. Stattdessen fülle ich den Eimer mit einer frischen Ladung Eis und aus dem Keller lege ich einen Weißen dazu. Ich entere die Treppe, mein Herz pocht ganz ordentlich, was ich bei einer aufrichtigen Analyse der Zusammenhänge nur bedingt auf die körperliche Betätigung zurückführen kann.

»Wo bleibst du denn so lange?«, ruft sie mir vom anderen Ende des Flures zu.

Im Slalom gleite ich zwischen den Leuten durch, es herrscht noch immer ein Kommen und Gehen. Die Typen, die ihre Partyprinzessinnen für ein Schäferstündchen an den Händen hinter sich herziehen, können es nicht lassen, Susi heimlich mit gierigen Blicken zu taxieren. Endlich stehe ich vor ihr.

»Du warst ja wieder mal verschollen«, gebe ich zurück.

»Ich bin noch mal auf dem Speicher gewesen.«

Ich gehe nicht direkt auf ihre Erklärung ein. »Wo ist eigentlich Spacey abgeblieben, der verrückte Hund taucht ja gar nicht mehr auf?«

»Woher soll ich das wissen? Die Techno-Musik ist seit längerer Zeit aus. Keine Ahnung, wo der sich herumtreibt.«

»Also, du hast dich auf dem Speicher aufgehalten. Wieder mit der Puppenstube gespielt?«

»Nein, noch viel besser. Komm!«

Ich folge ihr die Stiegen hoch zum Speicher. Zielstrebig wählt sie eines der Dachfenster aus. Mit einer einzigen Drehung öffnet sie es. Von der Seite zieht sie mit dem Fuß einen Hocker heran.

»Direkt links kommen die Metalltritte für den Schornsteinfeger, die führen bis zum höchsten Punkt des Giebels. Von dort hat man einen tollen Ausblick. Ich gehe vor.«

Sie stellt sich auf den Hocker, im nächsten Augenblick schiebt sie sich durch die Öffnung. Den Eimer mit dem Wein setze ich vorsichtshalber auf dem Boden ab. Dann

bin ich an der Reihe. Die Tritte sind zum Glück so angebracht, dass ein Amateur wie ich sie wie eine Leiter erklimmen kann. Meine dezente Höhenangst verschweige
ich selbstverständlich vor Susi, die schon oben angekommen ist.

»Bilde dir keine Schwachheiten ein. Du musst eine Stufe
unter mir sitzen, so habe ich dich jederzeit im Blick. Eine
falsche Bewegung und ich trete aus. Verstanden? Wir
Frauen stehen in der Evolution sowieso über euch«, unter-
weist sie mich streng.

Ohne ein Wort zu sagen, belege ich den mir zugedachten
Platz. Eine Fledermaus flattert vorbei, sie umkreist uns,
als wären wir zu groß geratene Insekten.

Die Nacht ist klar, vereinzelt leuchten die Sterne, die im
Sommer immer etwas länger brauchen. Vor uns breitet
sich die kleine Stadt aus. Die Geräuschkulisse der Party
dringt bis nach oben. Mein Instinkt rät mir, weiterhin
den Mund zu halten. Ich sitze da und schaue. In mir fühlt
es sich nicht so an, als würde ich auf etwas warten. Die
Zeit verrinnt, für gewöhnlich kann sie nicht anders, doch
in diesem Moment macht sie einen Bogen um mich. Das
Tao-Te-King in meiner Hosentasche rutscht herunter, eine
Ecke des Einbandes setzt sanft auf dem Dachziegel unter
mir auf.

»Was ich an dir so mag, Freaky, ist, dass du nie so ganz
da bist«, erklingt Susis Stimme hinter meinem Nacken.
Fast hatte ich ihre Anwesenheit vergessen.

»Und zwar im positiven Sinne«, fährt sie fort, »dir fehlt
die Penetranz eingebildeter Überzeugungen, mit denen
sich andere Kerle den Anstrich einer besonderen Persön-
lichkeit verpassen wollen, die als Folge davon in hochtra-
bender Wichtigkeit zelebriert werden muss.«

Klingt doch wie ein Lob, ein kompliziertes zwar, aber
gleichwohl. Unverändert sitze ich wortlos da, über mir die
Sterne, wie in einem schnulzigen Liebesfilm. Der Wein in

meinem Kopf trägt leider nicht dazu bei, den Nebel um Susis Andeutungen zu lichten, ebenso wenig öffnet er verborgene Tore der Erkenntnis. Ich kann nur abwarten und die Klappe halten, denn, an dem Punkt bin ich ausnahmsweise mal clever, jede Antwort von mir kann jetzt nur falsch sein.

Nach einer Weile ergreift Susi erneut das Wort. »Das war es, was ich dir zeigen und sagen wollte. Ich bleibe noch ein wenig hier oben sitzen. Wir sehen uns später.«

Klar, die Audienz ist beendet, ich rappele mich hoch und nicke ihr zu. So gesehen ist der Abend noch jung, ich habe nichts zu verlieren. Mit dem Eimer bewaffnet mache ich mich davon.

Die Fluktuation unter den Gästen hält unvermindert an, doch ein gewisser harter Kern rottet sich zusammen. Wie ein Bergsteiger steige ich vom Gipfel herab und begebe mich in die Niederungen der Gartenau. Im Pool plantschen noch immer einige Damen und Herren in der Unterwäsche umher. Spannern ähnliche Gestalten und sexuelle Hungerleider jeglicher Art halten sich in der Nähe auf, mit dem unausgesprochenen Ziel, so viele befriedigende Blicke wie möglich zu erhaschen. Johannes schleppt zwei Männer in Schlips und Kragen an, hinter ihnen wackelt eine Braut in Weiß auf Stöckelabsätzen über den Rasen. Den einen Typen kenne ich vom Sehen, er führt eine Versicherungsagentur.

»Freaky, schau her, eine entführte Braut. Wenn man eine Braut sieht, soll das Glück bringen«, präsentiert mir Johannes seinen Fang. Bevor ich antworten kann, grummelt mir Max, er steht immer noch auf den Beinen, von hinten ins Ohr.

»Der Dicke redet Müll. Begegnet man einer Braut, muss man wie bei einer schwarzen Katze über die Schulter spucken.«

Nicht zu überhören zieht Max eine Ladung Sekret aus den tiefsten Regionen seines mit Schnaps versetzten Körpers, die er in einem eleganten Bogen weit hinter sich ausspuckt. Durch das eindeutige Geräusch vorgewarnt, schafft es Cora, weiß der Geier, wo die herkommt, gerade noch so, sich und ihren Star Gernot mit einem seitlichen Haken vor dem Schleimgeschoss in Sicherheit zu bringen.

»Alte Sau«, zischt sie. Max ist leider schon weitergezogen. Ich sehe ihm nach, in seiner Rechten hält er eine Literflasche Rotwein, offenkundig möchte er nach all dem Hochprozentigen nun auf etwas Leichteres umsteigen.

»Ich bin Freaky. Hier geht es hoch her. Fühlt euch wie zu Hause«, empfange ich die Neuankömmlinge.

Der, dessen Gesicht mir nichts sagt, übernimmt das Gespräch.

»Hallo, das ist Peter und ich heiße Thorsten«, mit einer ausholenden Geste zeigt er auf die Braut, »dieses Schmuckstück ist Claire, heute kirchlich getraut.«

»Gratuliere!« Was soll ich auch sonst sagen.

»Danke«, flötet die Frau mit einer piependen Stimme.

Ach du liebe Zeit, was ist das denn für eine, knattert es in meinem Kopf.

»Dir ist doch bestimmt der Brauch bekannt, die Braut zu entführen«, führt Thorsten weiter aus, »die paar Kneipen vor Ort liegen schon hinter uns, die schließen leider sehr früh.«

»Wo feiert ihr denn?«, erkundige ich mich.

»Im Schwarzen Hirschen. Hör mal, dem Bräutigam ist es noch nicht gelungen, uns ausfindig zu machen. Wir würden gerne den Spaß noch etwas ausdehnen, können wir uns eine Zeit lang auf deiner Fete aufhalten?«

»Klar. Wie seid ihr auf mich gekommen? Das Haus liegt doch ein gutes Stück außerhalb.«

»Uns kamen Leute auf ihrem Heimweg von hier entgegen, die gaben uns den Tipp.«

»Danke, das ist sehr nett von dir. Heute ist der schönste Tag in meinem Leben, er soll unvergesslich bleiben«, zwitschert Claire wie ein Spatz. Die Melodieführung eines Singvogels ist ihr vermutlich zu komplex. So, wie sie vor mir steht, muss ich sofort an eine Barbiepuppe denken, und zwar die im klassischen Stil, alles schlank, die Oberweite herausgedrückt, die gewellten Haare peroxidblond. Wie mag es um ihren Ken stehen?

»Ganz tolle Leute sind hier zusammen«, bezirzt sie mich, wobei sie das Wort »ganz« extrem gedehnt ausspricht, indem sie hinter dem A mindestens drei Hs einbaut, »ehrlich, gahhhnz toll, wie bei ›Deutschland sucht den Superstar‹, oder ›Germany's next Topmodel‹, gahhhnz toll, ehrlich.«

»Freut mich, schön zu hören. Was machst du beruflich?« Versuche ich mit dieser Frage meiner Vorurteile Herr zu werden, oder möchte ich sie bestätigt wissen? Böser Freaky!

»Ich arbeite in einer Lottoannahmestelle mit Zeitschriften und Tabakwaren. Ich bin die rechte Hand des Chefs.« Sie streckt ihren Oberkörper, klimpert mit den Wimpern. So, so, die Form der Inhaltsangabe erklärt so manches.

»Gahhhnz toll!« Die Pferde gehen mit mir durch, aber Claire bleibt ahnungslos. Die beiden Kerle bekommen auch nichts mit.

»Johannes, zeig den Neuen mal die Küche mit dem Kühlschrank, sie werden bestimmt durstig sein«, schlage ich nicht uneigennützig vor.

»Suhhhper, ich habe ja sohhh einen Durst.« Piep, piep.

»Dann kommt mal mit. Da lang!« Johannes nickt mit dem Kopf in Richtung Haus. Anschließend schlappt er gemütlich vor den drei auf schick gestylten Figuren zurück.

Jedenfalls ist mir für diesen Abend eine selten da gewesene Mischung an unterschiedlichen Charakteren zweifelsohne gelungen. Die unkontrollierbaren Reflexionen, die mein Gehirn mir mal eben so wie abgehende Darmwinde beschert, besitzen oft die überragende Eigenschaft, mich zu entmutigen. Ein früherer Kumpel von mir richtete sich nach der bereits erwähnten Ansicht: Die beste Frau ist immer die, die man nicht hat, denn sie muss sich nicht im Alltag beweisen. Ich tröste mich mit dem wenig originellen Konstrukt: Im Umkehrschluss heißt das, die richtige Frau muss derart ungewöhnlich sein, dass bei ihr erst gar keine Alltäglichkeit aufkommt. Na ja, oder so ähnlich. Warum rutsche ich an diesem Abend bereits zum zweiten Mal auf diesem Ausspruch eines berühmten Schauspielers aus?

Ich lustwandle auf den Wegen durch den Garten. Am Geräteschuppen lehnt Friederike. Sie arbeitet in der Buchhandlung unserer Stadt, sie hat mir dabei geholfen, eine besonders schöne Ausgabe vom Tao-Te-King zu bestellen. Friederike geht auf die sechzig zu, eine Tochter von ihr ist so alt wie ich. Seit der Scheidung, die Jahrzehnte zurückliegt, lebt sie allein, sie will keinen Mann mehr.

»Friederike, lange nicht gesehen.« Ich halte ihr erfreut die Hand hin.

»Danke für die Einladung. Ich war mir die ganze Zeit nicht sicher, ob ich überhaupt kommen sollte«, herzlich drückt sie meine Hand, mild lächelt sie mich an, »die Hütte hier ist aber ganz sicher nicht deine Bleibe.«

In kurzen Sätzen erzähle ich ihr, wie die spezielle Idee für den heutigen Abend zustande gekommen ist.

»Du bist ein verkappter Anarchist. Aufgrund der Bücher, die du bei mir gekauft hast, habe ich das schon seit Längerem vermutet.«

»So weit würde ich nicht gerade gehen. Wenn ich schon alles über mich wüsste, könnte ich mir das Nachdenken sparen und es gäbe nichts mehr zu entdecken.«

»Scherz beiseite, willst du den Besitzern das Haus in Schutt und Asche zurücklassen? Was ist, wenn teure Sachen kaputt gehen?«

»Darüber habe ich mir ehrlich gesagt noch keine Gedanken gemacht«, antworte ich.

»Du musst doch wenigstens sauber machen. Wie gedenkst du eigentlich die geplünderten Lebensmittel und Getränke zu ersetzen?«

»Keine Ahnung. Am Anfang habe ich mir gedacht, ich lasse danach einfach alles so, wie es ist. Das wäre doch anarchistisch.«

»Blödsinn. Du bist ein Kindskopf. Stell dir doch nur mal vor, das Gleiche würde einer mit deiner Bude machen.«

Ich knicke innerlich ein Stück ein. Bei dem Plan für diese ungewöhnliche Feier ging es mir nur um den skurrilen Gag. Ich sah darin das Drehbuch zu einem durchgeknallten Film. Für einen gesellschaftskritischen Standpunkt war in meinen Vorstellungen gar kein Platz. Jetzt stehe ich vor Friederike, die mich zwingt, die bequemen Ausreden vor mir selber in Frage zu stellen. Doch so richtig zurückrudern will ich auch wieder nicht.

»Ich habe dich ewig nicht mehr in dem Buchladen getroffen«, versuche ich das Thema zu wechseln, um wieder festen Boden unter die Füße zu bekommen.

»Das ist eine lange Geschichte. Es fing damit an, dass ich eines Morgens nach meiner Gymnastik für Frauen im Klimakterium einfach auf dem Boden liegen geblieben bin.«

»Wie, einfach so? Musstest du nicht zur Arbeit oder so was?«, frage ich ungläubig nach.

»Schon, aber das spielte zu dem Zeitpunkt keine Rolle und führte zu keinen negativen Konsequenzen. Ich weiß nicht, wie lange ich da liegenblieb.«

»Ohne Essen, ohne Trinken, ohne aufs Klo zu gehen?«

»Genau so. Ich nehme an, ich stellte meine Körperfunktionen bis auf ein Minimum ein.«

»Aha, wie eine Haselmaus im Winterschlaf. Und wie kamst du wieder vom Boden hoch? Von alleine?«

»Nein, mein Sohn hat mich so gefunden, er kam zufällig zu Besuch.«

Wir werden kurz von ein paar Jungs unterbrochen, die mir im Vorbeigehen auf die Schulter klopfen. »Echt geile Party!«

»Heiße Bräute, coole Drinks, was will man mehr!«

»Ich sehe dich auf meinem Geburtstag, da machen wir einen drauf.« Schon verstreuen sie sich zwischen dem restlichen Publikum.

Friederike fährt fort. »Er überprüfte bei mir den Kreislauf und die Atmung. Da er Ärzte hasst, kam er erst gar nicht auf die Idee, mich in ein Krankenhaus zu bringen. Er flößte mir Wasser ein, das ich wohl unbewusst schlucken konnte, und wartete zunächst einmal ab.«

»Dein Junge hat aber Nerven«, bemerke ich irritiert.

»Hat er. Aber wenn man erst mal in die Fänge der Ärzte gerät, ist alles aus. Wie wäre es mir denn im Normalfall ergangen? Von dem Krankenhaus hätten sie mich in die Psychiatrie verfrachtet. Sie hätten mir eine schwere Depression und so einen Burn-out angedichtet. Selbstverständlich hätten sie mir irgendwelche Pillen angedreht. Als könnte der chemische Dreck etwas am Leben ändern. Das Einzige, was die Psychodrops bewirken, ist, dass der Betroffene die Verantwortung für sich selbst eine Zeit lang abgibt, oder süchtig wird.«

»Wie ging es denn weiter?«

»Mein Sohn sagt, nach fünf Tagen wäre ich von einem Moment auf den anderen wieder aufgestanden. Ich hätte ausgesehen wie jemand nach einer Woche im Dauersuff. So fühlte ich mich auch. Ich benötigte einige Stunden, um mich wieder im Hier und Jetzt zu orientieren.«

»Hast du eine Erklärung für deinen, wie soll ich sagen, Zustand von damals?«

»Ja. Eine ganz präzise sogar. So wie es vorher lief, konnte

es für mein Ich nicht weitergehen. Als alleinstehende Frau, Kinder erwachsen und aus dem Haus, ertrank ich in Selbstmitleid. Noch bis Ende vierzig verfügte ich über eine tadellose Figur. Doch im Klimakterium nahm ich immer mehr an Gewicht zu. Mit der Zeit ertrug ich meinen eigenen Anblick im Spiegel nicht mehr. Ich welkte vor mich hin. Weißt du, was ich meine?«

»Der Körper ist doch nicht alles«, versuche ich ein wenig fade Verständnis zu zeigen.

»Wenn du wüsstest, wie die meisten Frauen unter ihrem körperlichen Verfall leiden. Aber lassen wir das. Im Grunde genommen macht man sich den überwiegenden Teil seines Lebens etwas vor. Man belügt sich über die angeblichen Qualitäten der eigenen Kinder. Kerstin zum Beispiel ist dabei, ihr Leben wegzuwerfen, sie will ihren Tennislehrer heiraten, einen arroganten Schnösel, der vor Faulheit stinkt. Kinder werden in der Regel nicht so, wie man es sich als Elternteil wünscht oder für richtig hält. Na und? Unter jedem Dach ein Ach, sagt man nicht umsonst. Glaube mir, im Leben ist jeder nur einem einzigen Menschen verpflichtet, nämlich sich selbst. Solange jemand, der alleine lebt, sich ein gutes Essen kocht und erlesene Weine dazu trinkt, hat er seine Selbstachtung bewahrt. So sehe ich das. Mir kam es damals so vor, als wäre ich aus dem Land der Dunkelheit zurückgekehrt.«

»Und jetzt kommst du klar?«

»Besser als je zuvor. Das ganze Drumherum ist geblieben, aber mein Ich hat sich verändert. Darauf kommt es an.«

»Das klingt doch gut, freut mich für dich.«

»Seit Kurzem trage ich oben und unten eine Zahnprothese, wusstest du das?«

»Nein, woher denn, wir sind uns doch seit der Vorzeit nicht mehr begegnet«, übertreibe ich.

»Stimmt auch wieder. Jedenfalls habe ich mir alle wackeligen Beißer ziehen lassen. Jetzt herrscht Ruhe in der Schnauze. Ich sag's dir, vor vielen Jahren die Scheidung eingereicht zu haben und die Zahnprothesen sind die besten Entscheidungen meines Lebens.«

»Was soll ich dazu sagen?« Unschlüssig trete ich von einem Bein aufs andere. Friederike versteht es, Entscheidungen zu treffen.

»Willst du was trinken? Mein Wein geht zur Neige, ich will mir Nachschub holen.«

»Gerne. Ich könnte mir einen Longdrink mixen.«

Bei dem Stichwort fällt mir Rick ein, der mir gefühlt vor Stunden zum letzten Mal unter die Augen gekommen ist. Friederike folgt mir zum Haus.

An der Mauer, die das Grundstück umgibt, lehnt die sichtlich betrunkene Frau aus dem Hutgeschäft. Die Bluse ist ihr aus der Hose gerutscht, blass zeichnet sich ihr faltiger Bauch ab. Ihr Mann, der deutlich nüchterner wirkt, redet auf sie ein.

»Leonie, komm, du musst ins Bett. Schaffst du es zu Fuß oder sollen wir uns ein Taxi rufen lassen?«

Ich bleibe in Hörweite stehen, Friederike zwangsläufig auch. Obwohl die Frau sich kaum noch auf den Beinen halten kann, sind die Worte, die sie von sich gibt, deutlich zu verstehen.

»Für ein Taxi haben wir kein Geld mehr, wir benutzen Schusters Rappen. Du immer mit deinen Bevormundungen. Ich breche auf, wann ich das will. Klar!«

»Ach, Leonie, du bist betrunken. Komm einfach mit mir«, versucht er es begütigend.

»Ich war noch nie so klar«, sie tippt sich mit dem Finger an die Schläfen, »weißt du eigentlich, dass du mir nie so richtig gefallen hast!«

»Was redest du da, wir waren doch all die Jahre glücklich

miteinander.« In seiner Stimme schwingt Unsicherheit mit.

»Du vielleicht, ich nicht. Du warst für mich nur die zweite Wahl. Wenn Karl mich damals gewollt hätte, wäre mir mit dir viel Leid erspart geblieben.«

Der Mann zuckt wie unter einem Stockhieb zusammen und wirkt um mehrere Zentimeter geschrumpft. »Wer zum Teufel ist Karl?«

»Mit dem war ich lange vor dir zusammen. Aber er hat sich zugunsten einer Firmenerbin entschieden. Er war ein feuriger Liebhaber, ein Traum von einem Mann.«

»Von dem hast du mir nie etwas erzählt. Ich dachte immer, wir hätten keine Geheimnisse voreinander.«

»Wozu sollte ich, geändert hätte sich nichts. So konnte ich wenigstens meine Erinnerungen bewahren.«

»Aber unsere Heirat, wir haben miteinander Kinder gezeugt«, der Mann schluchzt, »all die liebevollen Geschenke von dir, du hast gesagt, du liebst mich.«

»Ich habe dir gesagt, was du hören wolltest. So funktioniert das doch bei euch Kerlen. Ich stellte mir all die Jahre einfach vor, du wärst Karl. So kam ich ganz gut über die Runden.«

»Wenn wir zusammen lagen, deine Zärtlichkeit ...« Der alte Mann wischt sich eine Träne aus dem Gesicht.

»Ich bin eine viel fantasievollere Frau, als du es dir vorstellen kannst.«

Der Mann strafft sich. »Gut, da kannst du dir ja mit deiner begnadeten Fantasie ausmalen, wie du nach Hause kommst und wie es für dich in Zukunft ohne mich weitergehen wird.«

Entschlossen wendet er sich von seiner Frau ab. Wütend strebt er auf die breite Einfahrt des Grundstücks zu. Die Betrunkene bleibt, wo sie ist. Friederike schließt mit eiligen Schritten zu dem Mann auf.

»Soll ich Ihnen ein Taxi rufen? Ich zahle auch für Sie.«

Er lächelt sie an. »Das wäre sehr nett von Ihnen. Ihr Gesicht kommt mir bekannt vor.«

»Kann sein, dass Sie mich von dem Buchladen kennen.«

»Ich habe mich soeben nach über drei Jahrzehnten Ehe mit meiner Frau überworfen.«

»Ich konnte dem unschönen Gespräch beiwohnen. Tut mir leid für Sie.«

»Nicht schlimm.«

»Wissen Sie, es wird Sie in Ihrem ersten Schmerz auch nicht trösten, aber kein Mann braucht eine Frau und umgekehrt. Ich lebe seit Ewigkeiten allein und vermisse nichts.«

»Meinen Sie? Das Wissen, nur zweite Wahl gewesen zu sein, ist sehr verletzend.«

»Glauben Sie mir, so läuft das übliche Spiel zwischen den Geschlechtern ab. Männer und Frauen passen einfach nicht zusammen. Vielleicht nur für eine gewisse Zeit mit den jeweiligen Fortpflanzungsorganen. In ein bis zwei Monaten denken Sie ganz anders darüber, verlassen Sie sich darauf.«

»So, wie Sie das sagen, hört sich der ganze Kram so kalt an. Würden Sie mir bitte jetzt das Taxi rufen?«

»Klar.« Friederike fischt ihr Handy aus der Handtasche. In knappen Worten gibt sie die Adresse durch.

»So, der Wagen kommt in etwa zehn Minuten. Hier sind dreißig Euro.«

Der alte Mann greift nach den Scheinen, die ihm hingehalten werden. »Das ist wirklich sehr freundlich von Ihnen. Wenn ich wieder besser bei Kasse bin, komme ich bei Ihnen in der Bücherei vorbei und gebe das Geld zurück.«

»Machen Sie das. Sie sind dort auch für ein kleines Schwätzchen jederzeit willkommen. Allerdings bin ich noch zwei Wochen krankgeschrieben.«

»Danke für das Angebot. Ich finde alleine zur Straße. Auf Wiedersehen.«

»Machen Sie es gut.«

»Der Mann kann einem leid tun«, meine ich zu Friederike, als sie wieder neben mir steht.

»Wegen dem Schock und der Enttäuschung, die er erlitten hat, ja. Aber wegen der gesamten Situation nicht. Das kommt eben davon, wenn man eine Lebenslüge lebt«, legt sie mit nüchterner Miene dar.

»Moment mal. Die Lüge ging ja wohl nicht von ihm aus, sondern von seiner Frau. Da kann man ihm kaum vorwerfen, eine ebensolche gelebt zu haben«, wende ich ein.

»Meinst du? So gut wie alle sozialen Wesen verfügen über ein natürliches Gespür für Unaufrichtigkeit. Dieser Sinn ist auch bei euch Männern angelegt. Ich glaube viel eher, er hat seine Ahnungen unterdrückt und nicht tiefer in den Beweggründen seiner Frau bohren wollen, um sich selbst und das gemeinsam aufgebaute Leben nicht in Frage stellen zu müssen. Was ich nicht weiß, macht mich nicht heiß. So gelang es ihm, Risse in der ach so trauten Oberfläche der Innen- sowie Außendarstellung der Familie zu vermeiden.«

»Jetzt schießt du aber über das Ziel hinaus.«

»Findest du? Selbst meinen Ex-Mann, einen völlig unsensiblen Klotz, beschlich irgendwann einmal der Verdacht, dass ich mit dem Herzen überall war, nur nicht mehr bei ihm.«

Angesichts dieser radikalen Argumentationslinie bleibt mir die Spucke weg. Neben mir steht eine knallharte Antiromantikerin. Wenn sie so weiter redet, werde ich mir meine Bücher demnächst in einer anderen Stadt kaufen müssen, oder im Internet bestellen. Ob Frauen wie Friederike auch ein Grund dafür sind, dass der ansässige Buchhandel kaum noch über die Runden kommt? Bestimmt werden solche Kriterien bei den durchgeführten Marktanalysen nicht berücksichtigt. Vielleicht sollte ich den führenden Wirtschaftsinstituten meine Überlegungen, die einen völlig neuen Ansatz verfolgen, zur Prüfung unterbreiten.

»Dann wird es dich also ganz besonders freuen, eine Braut unter den Gästen zu wissen.«

Sie lacht. »Die ist mir schon untergekommen. Ein liebes, naives Dummchen, würde ich sagen. Auf die sollten wir anstoßen«, schlägt sie vor.

»Soll mir recht sein.«

Auf dem Weg zum Haus schlingen sich meine Gedanken noch um die Frau vom Hutgeschäft. Als Kunde fand ich sie sympathisch, sie schwatzte mir nie eine Kopfbedeckung auf, die nicht zu mir passte, nur weil sie mir gefiel. Und heute Abend? Das Ehepaar ging angesichts der misslichen Umstände doch verständnisvoll miteinander um, stützte sich gegenseitig. Dann die unselige Szene von vorhin, das reinste Kontrastprogramm. Kinder und Betrunkene sagen die Wahrheit, meint der Volksmund. Der Suff lässt die Schranken fallen, er hebt die Leichen aus dem Keller der Seele. Wie verkrampft, wie verklemmt leben wir und wie viel Verdrängtes schlummert in uns, dass es eines Nervengiftes bedarf, die angestaute Not, Wut oder Verzweiflung zu entfesseln? Laotse sagt: ›Wenn auf Erden alle das Schöne als schön erkennen, so ist dadurch schon das Hässliche gesetzt.‹

Die Party nimmt ihren Lauf, wie ein Film, ein Konzert, ein Arbeitstag, ja, wie das Dasein selbst. Vielleicht sogar wie das gesamte Universum. Es gibt einen Anfang und ein Ende. Manche Verläufe steuern auf einen Höhepunkt zu, um danach abzuflachen, andere plätschern nahezu ereignislos dahin, oder Höhen und Tiefen wechseln sich ab. Ich kann es nicht leugnen, aber der Wein verleitet mich zu höherwertigen Ideen, denen es allerdings an Originalität mangelt, alles irgendwie schon mal da gewesen. Die Gäste draußen quaken ohne Ende, hin und wieder lacht jemand überdreht auf. Von dem Ghettoblaster ist nichts mehr zu hören. Nur aus dem Haus dringt leise Musik. Prima, wenn es so weitergeht, bleibt mir eine unnötige Anzeige wegen ruhestörenden Lärms erspart. Nicht auszudenken, wenn die Polizei hier aufkreuzen würde. Was in aller Welt sollte ich denen erzählen?

»Freaky, kann ich mich dir noch eine Weile anschließen, bis ich mich unter den Leuten etwas sicherer fühle? Ich bin es nicht mehr gewohnt, unter so vielen Menschen zu sein.« Friederike zupft mich von hinten am T-Shirt. Ich bin zurück in der Echtzeit.

»Klar. Zuerst beschaffe ich mir Wein, dann kannst du dir in der Küche einen Drink mixen.«

Passenderweise erwische ich Rick. Seine ausgelassene Stimmung gibt mir zu der nicht unbegründeten Hoffnung Anlass, ihm den aus meiner Sicht notwendigen Filmriss verpassen zu können.

»Freaky, deine Cuba Libres sind die besten, machst du mir noch einen?«

»Logisch.« Sofort mache ich mich mit Cola, Rum und Limette an die Arbeit.

»Der Drink sieht prima aus, ach, sei so gut«, meldet sich mein weiblicher Schatten in der für Frauen typischen Art, einer nur halb ausgesprochenen Bitte.

»Nichts leichter als das.«

Den Mix für Friederike mache ich genauso stark wie für Rick, der sie mit verschleierten Blicken von oben bis unten taxiert. Sie stoßen miteinander an. Rick versucht sich an sie heranzumachen, doch sie spreizt abweisend das Gefieder. Nur das triumphierende Lächeln um ihre Lippen verrät mir, wie sehr der dreiste Versuch eines wesentlich jüngeren Mannes dennoch ihrer Eitelkeit schmeichelt. Frauen halt. Stets geheimnisvoll und widersprüchlich. Rick erfasst noch gerade so sein Scheitern und trollt sich auf der Suche nach einer anderen Gespielin.

Von Friederike gefolgt mache ich einen Abstecher ins Wohnzimmer. Mulle liegt wie eine Katze gekrümmt auf einem der Sessel. Opossum rutscht auf der Couch umher, ihm gegenüber sitzt Rudolf, breit wie eine Landebahn, auf dem Teppich. Vor ihm auf dem Tisch steht ein randvolles Glas mit Rotwein. Von einer THC-Fressattacke getrieben, müht er sich mit drei Gläsern Schweinskopfsülze ab, ich wüsste zu gerne, wo er die aufgetrieben hat. Abwechselnd bohrt er mit seinen Fingern darin herum. Die glitschigen Brocken, die er herauspult, flutschen ihm jedes Mal aus den Händen und landen auf dem Teppich. Die dadurch mit Fasern, Staub und sonstigen Materialien panierten Stücke liegen mit ihrer nun griffigen Oberfläche schon wesentlich besser in der Hand. Begeistert hebt er sie auf und schiebt sie sich in seinen gefräßigen Schlund.

»Setzt euch doch!« Opossum rutscht großzügig zur Seite.

»Gerne.« Schon sitze ich.

»Rudolf, wo ist denn dein Reggae-Kumpel von vorhin abgeblieben?«, frage ich unvermittelt. Die Antwort lässt lange auf sich warten.

»Meinst du mich?« Seine Augen könnten von einem Albinokarnickel stammen.

»Soviel ich weiß, bist du der einzige Rudolf am Tisch«, gebe ich amüsiert zurück.

»Ehrlich?« Er macht keinen Scherz, so viel steht fest.

Kurz stelle ich mir vor, wie er sich in seinem Zustand mit Doris unterhalten könnte. Ein zeitloses Nichts wäre ein Dreck dagegen.

»Also, wo steckt der Kerl mit der Megatüte?«

Friederike starrt mit weit offen stehendem Mund, ihre Prothesen scheinen fest zu sitzen. Das, was der Zugedröhnte mit der Sülze veranstaltet, muss Neuland für sie sein. Ein populärwissenschaftliches Buch über Cannabis zu lesen ist nun mal nicht dasselbe wie einen Rudi vor sich zu haben, der ohne Besteck mit Schmutz umhüllte Sülzeklümpchen vertilgt, dabei oft genug den eigenen Mund nicht trifft und sein Gesicht vom Kinn bis zu den Ohren beschmiert.

»Weiß nicht?« Die in seinem umnebelten Gehirn kreisende Frage hat endlich irgendwo angedockt. »Er erhielt einen Anruf, es ging um einen Pilzbefall in seinen Rastalocken.«

»Und dann?«

»Fing er an zu weinen und ging.«

Wie ein Laserpointer tasten seine Blicke Opossum ab, als hätte er ihn nie zuvor gesehen. Rudolf zeigt mit dem Finger auf sein Gegenüber. »Wie der!«, vervollständigt er seine Beschreibung. Ich wende mich Opossum zu, der tatsächlich traurig zu sein scheint.

»Lass gut sein, Mann«, wiegelt der Straßenjunge ab, »am liebsten würde ich den ganzen Schuppen hier in die Luft sprengen.«

»Das lässt du schön bleiben«, halte ich dagegen.

»Keine Sorge, ist nur so 'ne Redensart von mir. Schade darum wäre es nicht. Die Besitzer sind doch selber schuld, dass sie reich sind.«

»Und?«, lauere ich.

»Nichts und!« Opossum greift nach einer Flasche. ›Doppelwacholder‹ steht auf dem Etikett. Er schnappt einen enormen Schluck weg.

»Ich trinke gegen eine Welt an, die mich sowieso nicht leiden kann. Aber das beruht auf Gegenseitigkeit, darauf könnt ihr Gift nehmen. Der Planet ist mir egal, von mir aus kann er sich selber in den Arsch ficken. Ist doch wahr.«

So, so. Allerdings hilft mir seine Aussage nicht besonders weiter. Opossum suhlt sich im Weltschmerz. Ob der junge Werther auch so schlechte Zähne hatte? Nach einem weiteren Schluck fährt er fort.

»Die Erde geht deswegen kaputt, weil wir nicht voll kompostierbar sind. Eigentlich müssten wir für viel Geld aufwendig als Giftmüll entsorgt werden. Zuerst richtet jeder von uns während seines Lebens einen immensen Schaden in der Biosphäre an, und als Kadaver geben wir gefährliche Giftstoffe an die Böden und ins Grundwasser ab.« Pause, ein Zug aus der Pulle.

»Ich bin fest davon überzeugt, dass die Erde mit all ihren Rohstoffen, Ressourcen, samt allen Lebewesen maximal zehn Personen gehört. Die bestimmen, wann wo ein Krieg stattfindet. Sie legen den kompletten Handel mit Geld und Gütern fest, sie halten die Produktionsstätten in den Händen, die Nahrungsmittel, einfach alles. Denen geht es nicht um die Moneten, Publicity oder Macht, da stehen die drüber. Die betrachten ihre Einflussnahme auf die Ereignisse als Spiel, bei dem sie nicht verlieren können. Und warum? Ich sage es euch, weil sie Freude daran haben. Diese Personen treten nie in der Öffentlichkeit in Erscheinung. Begegneten sie einem von uns auf der Straße, ich weiß, ein mehr als unwahrscheinliches Szenario, würden wir ihnen ihre Rolle nicht anmerken, geschweige denn wissen, wen wir vor uns hätten. Jetzt wisst ihr, wie ich die Sache sehe.«

Er setzt den Schnaps an, sein Adamsapfel hüpft auf und ab, dann ist die Flasche leer. Mulle schnarcht vernehmlich. Rudolf ist es gelungen, die drei Gläser Sülze zu leeren.

»Ganz meiner Meinung. Ich bin auch für die Befreiung der Mandarinen. Warum müssen sie überwiegend in Netzen verkauft und ihnen chemische Konservierungsmittel zugesetzt werden?«, gibt er schmatzend, den kausalen Zusammenhang nur ansatzweise herstellend, kund.

Friederike kann nur mit dem Kopf schütteln. Opossum dreht sich mir zu.

»Hör mal, spricht etwas dagegen, dass Mulle und ich uns, bevor wir gehen, mit Lebensmitteln nebst Alkohol eindecken?«

»Nein, könnt ihr machen«, ich stehe auf, »wir drehen noch eine Runde, man sieht sich.«

Der weibliche Schatten bleibt mir auf den Fersen.

Überall strolchen Menschen herum. Offensichtlich fühlen sie sich auf der schrägen Feier wohl und wollen partout nicht nach Hause. Die warme Sommernacht, ohne drückend schwül zu sein, tut ihr Übriges. Friederike schaut sich verwundert um.

»Viele Leser sind aber nicht unter den Gästen. Ich kenne so gut wie keinen.«

»Und ich dafür fast nur Irre!« Meine Antwort fällt lakonisch aus.

Gernot kommt eng umschlungen mit Cora die Treppe herunter. Sein Hemd hängt aus der Hose, süffisant grinst er mich an. Coras Haare stehen zerzaust ab, Röte überzieht ihr faltiges Gesicht. Ihr Versuch, vom Gangbild her leicht federnd herabzugleiten, gerät zur Karikatur. Sehr zu meinem Missfallen beobachte ich, wie Björn im Flur über mir auf Susi einredet. Zum Glück bemerken sie mich nicht. Ich muss vermeiden, dass Susi mich mit Friederike zusammen sieht. Was soll sie von mir denken? Also nichts wie raus in den Garten und nach einer Möglichkeit suchen, meinen Schatten abzuschütteln. ›Wer seine Ehre kennt und seine Schmach bewahrt, der ist das Tal der Welt‹, so steht es im Tao-Te-King.

»Ganz schön stickig hier drinnen, ich denke, ich werde wieder in den Garten gehen«, teile ich Friederike mit.

»Von mir aus, aber vorher mixt du mir noch einen, der war Spitze.«

»Nichts lieber als das.« Zurück in der Küche mache ich mich ans Werk.

Ich vertrete mir die Beine. Die Grillen beginnen ihr Konzert, ein paar Glühwürmchen schweben vorbei, mehr und mehr Sterne ziehen am Himmel hoch. An so ein Grundstück könnte ich mich gewöhnen, herrlich. Man befindet sich nicht abgelegen in der Pampa und dennoch fühlt man sich vor den Nachbarn und dem ganzen alltäglichen Wahnsinn in Sicherheit. Gegen das Haus hätte ich natürlich auch nichts einzuwenden. Was, frage ich mich, ist an den Besitzern, bis auf die Tatsache, dass sie Geld haben, anders als bei mir? Bin ich blöde, zu faul, mangelt es an mir an Ehrgeiz, habe ich keine Ideen, bin ich nicht radikal genug, hemmen mich Skrupel, kann ich genetisch bedingt das Arbeitermilieu nicht verlassen, oder fehlt mir das nötige Quäntchen Glück? Ich beginne zu träumen, stelle mir vor, das Anwesen gehöre mir.

»Wo willst du hin?«

Ach ja, da war noch was. Ich mag Friederike wirklich, ich halte sie für eine taffe Frau, die für ihre Meinung einsteht. Doch es wäre schön, sie würde sich bald von mir freistrampeln. Warum quatscht der bornierte Björn, ich werde ihn ab sofort nur noch BB nennen, nicht mit ihr? Da gäbe es sicher genügend gemeinsame Themen. Wenn das so weitergeht, dichten die Leute mir noch einen Mutterkomplex an, als wäre ich so ein ödipales Würstchen.

»Keine Ahnung. Ich laufe mal die Außenmauer ab, um ein Gefühl für die Dimensionen zu bekommen.«

Je mehr wir uns den Randbezirken nähern, desto weniger Leute laufen uns über die Füße.

Das elektrische Licht dringt hier nur schemenhaft hin, die Schatten sind dementsprechend lang. Vieles in meinem direkten Umkreis bekomme ich nicht richtig mit. Der im Eimer griffbereite Wein trägt nicht dazu bei, dass meine Wahrnehmung besser wird. In den dunklen Ecken können mich wenigstens Susi und der unsägliche BB nicht ausfindig machen. Zugegeben ein schwacher Trost, aber in meiner Lage besser als nichts.

Wir nähern uns einem Beet mit Pfingstrosen, ich erkenne sie an ihrem Duft. Plötzlich höre ich ganz deutlich das verärgerte Meckern einer Ziege, gefolgt von einem gepressten »Hau endlich ab, du Mistvieh« einer männlichen Stimme. Nach wenigen Sekunden schwirrt lustvolles Gestöhne einer Frau, moduliert von der sich steigernden Lust, in die Sphären. Was hinter den Blumen stattfindet, dürfte als beantwortet gelten. Nur das Wer-mit-wem bleibt vorerst offen. Friederike hält sich die Hand vor den Mund, um nicht zu kichern. Ich lege meinen Finger auf die Lippen. Wie Indianer aus einem Karl-May-Film schleichen wir uns von der Neugier getrieben an, auf dem weichen Gras kein Kunststück. Die hoch gewachsenen Pfingstrosen trennen ein kleines Stück Nutzgarten ab, das mit Kartoffeln bepflanzt ist. Mitten darin liegt die Braut in Weiß auf dem Rücken.

Die zur Freilegung der nötigen Arbeitsfläche gerafften Röcke des bauschigen Kleides verdecken Claire beinahe das Gesicht. Den steil aufragenden, pink gefärbten Haarschopf am oberen Ende des sich zwischen ihren Beinen abmühenden Mannes kann ich nur Spacey zuordnen. Sein weißer Hintern wippt wie ein tiefer gelegter Vollmond auf und ab. Wer hätte das gedacht! Gelegenheit macht Liebe, aber ausgerechnet mit dem abgehangenen Raver? Vorsichtig ziehen wir uns zurück, spannen wollen wir ja schließlich nicht. Gönnen wir den beiden doch ihren Spaß. Eine besondere Art der Hochzeitsnacht. Soll mal einer sagen, meine Party würde keine innovativen Akzente setzen. Welche Pille wird Spacey, der alte Schwerenöter, der Braut untergejubelt haben? Doch wer weiß, vielleicht ging es auch ohne, einfach nur zwei Menschen, die sich zufällig begegnet sind.

Obwohl Friederike und ich schon längst einen sicheren Abstand zu den beiden erreicht haben, flüstern wir noch.

»Habe ich mich verhört, oder war das eben eine Ziege?«, fragt sie mich.

»Nein, hast du nicht. Das war Hildegard, sie gehört Tobi, dem Bayern. Sie läuft auf dem Grundstück umher.«

»Aha! Eine Nacht voller Überraschungen.«

»Wie wird Claire ihrem Mann das verdreckte Kleid erklären und den Mutterboden in ihren Haaren? Da hat sie eine harte Nuss zu knacken.«

Friederike nickt. »Wohl wahr. Wenn sie clever ist, springt sie in voller Montur in den Pool, lässt sich aus dem Haus etwas Trockenes geben und tischt ihrem Gatten eine passende Geschichte auf.«

»Was, wenn er, du weißt schon, auch noch was von ihr will?«

Mein Schatten schaut mich an, als könnte ich nicht bis drei zählen. »Also duschen sollte sie zu Hause auf jeden Fall und sich unten herum sorgfältig säubern.«

Sieh mal einer an, wie pragmatisch die Frauen sind! Da schneide ich im Nachhinein mit Marina und ihrem Aborigine ja noch richtig gut ab, sie war wenigstens ehrlich zu mir. Wortlos gehen wir die rechten Winkel der Mauer ab. Ich steuere die Bank vor einer Steinskulptur an, wir setzen uns. Ich gieße mir Wein ein.

»Auf die Braut und den Raver!«

»Ja, auf den ereignisreichen Abend«, Friederike leert ihr Glas, »super, steigt aber schnell in den Kopf.«

»Was soll ich dazu sagen? Dafür trinkt man doch.«

»Ich hätte Lust zu tanzen, meinst du, es stört jemanden, wenn so eine alte Schachtel wie ich das Tanzbein schwingt?«

»Wohl kaum. Du hast ja gesehen, was hier abgeht. Ich kann dir nur nicht versprechen, ob irgendwo die passende Musik läuft.«

»Lass uns zurückgehen, ich fühle mich locker genug, um mich alleine in den Trubel zu stürzen.«

Wer sagt's denn. Von ihr unbemerkt klopfe ich sachte auf das Buch in meiner Hosentasche. ›Also auch der Berufene, er handelt nicht, so verdirbt er nichts, er hält nicht fest, so verliert er nichts.‹

Im Haus angekommen rüstet sich Friederike mit einem

weiteren Drink aus, bevor sie in einem der Zimmer, aus denen Musik zu hören ist, verschwindet. Beim Öffnen der Tür schallt »Marmor, Stein und Eisen bricht« auf den Flur. Nur zu Friederike.

In der Küche treiben die Hooligans ihr Unwesen. In einer Art Wettbewerb futtern sie Cracker mit scharfem Senf, Sieger ist, wer die dickste Schicht Senf herunterbringt. Jan fungiert als Schiedsrichter. Aus Jux und Tollerei hält Max Hildegard, die überall und nirgends auftaucht, das Glas mit dem Senf unter die Nase. Erschrocken rast das Tier panisch los. Dabei stößt es eine Frau um, die ein Tablett mit gefüllten Gläsern trägt. Es scheppert und klirrt gewaltig. Von diesem Lärm zusätzlich irritiert, wechselt die Ziege abrupt ihren Lauf, statt nach draußen zu rennen, flüchtet sie die Treppen nach oben.

Mein siebter Sinn rät mir, ihr zu folgen. Im zweiten Stock stürmt Hildegard, mangels Alternativen, durch die einzige Tür, die offen steht. Ich bin ihr dicht auf den Hufen. Die Szene in dem Zimmer könnte gelungener nicht sein. Eine mir unbekannte Frau in einem grauen Lageristenkittel steht vor der Staffelei, in der Linken hält sie die Palette, mit der Rechten führt sie den Pinsel über die Leinwand. In einem Meter Entfernung posiert ein nackter Mann. Seine Genitalien verdeckt eine der EU-Norm entsprechende Salatgurke, die ihm in vertikaler Richtung nach oben locker bis zum Brustbein reicht und allem Anschein nach mit einem durchsichtigen Nylonfaden um seinen Leib gewickelt wurde.

So wie es aussieht, hat Hildegard die Entstehung dieses Kunstwerkes in einer sehr frühen Phase unterbrochen, denn bislang befinden sich nur grüne Striche auf der Leinwand. In ihrer Rage wirft die Ziege die Malerin über den Haufen. Farben und Pinsel fliegen durch die Luft. Ein mit Terpentin getränkter Lappen verfängt sich zwischen ihren Hörnern, was der Ziege den Rest gibt. Erst der Senf, jetzt ein berauschendes Lösungsmittel. Unvermittelt greift sie mit gesenktem Kopf den Nackten an.

In Höchstbeschleunigung reihe ich folgende Fragen aneinander: Wie fängt man eine wahnsinnige Ziege ein? An den Hörner? Warum hat die Bestie kein Halsband? In seiner Not reagiert der nackte Mann nahezu in Lichtgeschwindigkeit. Mit einem Satz klettert er, so wie er ist, aus dem linken Fenster des Raumes. Um sich eine Hose überzuziehen, fehlt ihm trotz des Tempos, das er an den Tag legt, wirklich die Zeit. Als wäre sie eine schlecht gelaunte Rottweilerhündin, baut sich Hildegard drohend vor der Fensteröffnung auf, damit schneidet sie ihrem Feind den Rückweg ab. Die Malerin bleibt in einer Art Schock regungslos liegen. Ich reiße das andere Fenster auf. Der Nackte krallt sich in die Ranken des Wilden Weines, die bis fast zum Dach hochwachsen.

Im Nu bildet sich unten auf dem Rasen eine sensationslüsterne Gästetraube, die höflich formulierte ungewöhnliche Aufmachung des Verunglückten stellt einen zusätzlichen Publikumsmagneten dar. Ein Eyecatcher, wie es heutzutage heißt. Mir fällt partout nichts ein, wie ich helfen könnte. Mit dem Denken in Ausnahmesituationen ist es bekanntlich so eine Sache. Lange können die Ranken das an ihnen hängende Gewicht nicht halten. Warum stellt niemand eine Leiter an? Doch schon naht Rettung von oben. Aus einer schmalen Luke lässt sich Spiderman, wie um alles in der Welt hat er den Hergang spitzbekommen, an einem verknoteten Bettlaken herab. Sein Kostüm rutscht bei der Anstrengung nach oben, es legt teigige Speckrollen um Bauch und Hüfte frei. Aus meiner Perspektive gleicht er eher Miss Piggy als einem Superhelden. Die blauen Flusen in seinem Nabel machen es auch nicht besser. Mit letzter Verzweiflung umschlingt der Nackte den kräftigen Oberschenkel seines Retters.

Als es Zentimeter um Zentimeter nach oben geht, versinkt seine Nase zwischen den Pobacken des Spidermans. Not kennt kein Gebot. Ich kann hören, wie das Laken anfängt zu reißen, völlig unerwartet kehrt meine Geistesgegenwart zurück.

»Das Trampolin, schnell!«, brülle ich nach unten. Ein paar Leute reagieren sofort, sie eilen, um das Gewünschte zu holen. Die beiden am Laken versuchen trotzdem weiter nach oben zu gelangen, sie stemmen sich mit den Füßen, so gut es geht, an der Hauswand ab, aber sie sind zu schwer, ihre Kraft reicht nicht aus. Auf dem Rasen richten die Hilfskräfte das herbeigeschleppte Trampolin wie ein Sprungtuch exakt unter den Körpern aus. Als Erstes fällt die Gurke unter dem Gelächter der Schaulustigen herab. Ich überlege kurz, welchen Anblick der Nackte aus der Froschperspektive bietet. Dann saust er selber mit einem Hilfeschrei im freien Fall nach unten.

Sein Gewicht zieht das Trampolin bis fast auf den Boden. Die Umstehenden versuchen das Gestänge mit aller Gewalt zu stabilisieren, was ihnen auch gelingt. Der Klumpen Mensch schnellt nach oben, der Nackte zappelt wie ein Käfer auf dem Rücken. Es geht noch ein paarmal hoch und runter. Applaus brandet auf. Bevor er ganz zum Liegen kommt, kann sich der tapfere Spiderman über ihm nicht mehr halten. Mannhaft, ohne auch nur einem Muckser von sich zu geben, folgt er den Gesetzen der Gravitation.

Sein Aufprall neben dem Nacktmodel besiegelt das Schicksal des Trampolins, das in sich zusammenbricht und die beiden Männer wie Fische im Netz umschließt. Der enorme Ruck reißt all jene Helfer in die Mitte, denen es nicht gelungen ist, die von ihnen gehaltene Bespannung rechtzeitig loszulassen. Dort knallen sie aufeinander.

Es entsteht ein verworrenes Knäuel an menschlichen Körpern und den Einzelteilen des Sportgerätes. Erneut erfolgt tosender Beifall der Gaffer. Ein zufrieden klingendes Gemecker erinnert mich an ein noch nicht gelöstes Problem neben mir. Von der Künstlerin kann ich keine Unterstützung erwarten, sie ist dabei, ihre gespielte Totenstarre zu perfektionieren. Ohne darüber nachzudenken, reiße ich mir mein Hemd vom Leib. Mit den Fäusten prügele ich mir wie ein Gorilla auf die Brust und brülle:

»Na los, komm schon, fieses Monster, greif an, glaubst du etwa, ich habe Angst vor dir!«

Diesen Schlachtruf wiederhole ich in abgewandelten Varianten, während ich von einem Bein aufs andere hüpfe. Hildegard schaut mich unentschlossen an. In ihrem Gehirn rattert es, sie wägt ihre Optionen ab. Gleichzeitig sucht sie in ihren Erinnerungen nach einem bekannten Muster, wie sie mit diesem bescheuerten Lebewesen (mir) umgehen soll. Da die Evolution ihr auf die Schnelle keine neue Verhaltensweise präsentiert, entscheidet sie sich zum Rückzug. Sie trottet leicht schwankend aus dem Zimmer. Trotz meines Sieges bedenkt sie mich mit einem abfälligen Blick. Egal. Erleichtert mache ich im wahrsten Sinne des Wortes weiter den Affen.

Die Totgestellte setzt sich auf. Ihr Gesichtsausdruck ob meiner Darbietung spricht Bände.

»Nein, danke, ich möchte nicht gemalt werden.«

Mit diesen Worten stehle ich mich, jetzt wieder ganz Mensch, na ja, mehr oder weniger, aus dem Zimmer. Ich brauche dringend einen Schluck Wein. Während ich nach unten gehe, schlüpfe ich wieder in mein Hemd. Die Flure sind wie leergefegt. Hildegard hat Eindruck geschunden.

Im Eingangsbereich treffe ich schon wieder auf die Ziege. Doch dieses Mal geht keine Gefahr von ihr aus. Tobi ist bei ihr. Mit einem Arm umschlingt er ihren Hals, mit der freien Hand befingert er den Euter. Beruhigend spricht er auf sie ein. Doris steht daneben.

»Tobi, alles im Griff?«, frage ich treffend.

»Ich denke schon. Eine Eutermassage wirkt bei Ziegen entspannend«, gibt er zurück.

»Wenn du es sagst. Du bist der Fachmann.«

»Nach dem durchgemachten Stress wird sie bestimmt drei Wochen keine Milch geben. Hildegard ist sensibel.«

»Ist Johannes auch«, entgegne ich.

»Wie bitte?«

»Ach, nichts.«

Doris schaltet sich in das Gespräch ein. »Was ist hier eigentlich los?«

»Das wüsste ich auch gerne.«

Ich lasse die drei stehen, es zieht mich nach draußen. Von der Terrasse her hastet das Nacktmodel an mit vorbei. Sein Gemächt steckt in einer grün-gelben Ringelsocke, das Gesäß bedeckt er mit einem Werbeblättchen für Frischgeflügel. Bis auf einige Schürfwunden sieht er unversehrt aus. Prima.

Hinter dem Haus, an der Stelle der dramatischen Ereignisse, sitzt der leidgeprüfte Superheld Nestor schnaufend auf einem Gartenstuhl. Er reibt sich mit schmerzverzerrter Miene das rechte Knie. Das linke Ohr leuchtet feuerrot, es ist auf das Doppelte seiner Ursprungsgröße angeschwollen. Das Pflaster von Susi klebt noch auf seiner Stirn.

»Alles klar, Spiderman, keine Gräten gebrochen?«, erkundige ich mich.

»Ich glaube nicht«, traurig sieht er zu mir hoch, »entweder bin ich schon zu alt für so was, oder ich muss mehr trainieren. Dennoch würde ich es wieder tun.«

»Bert hätte genauso gehandelt.«

Von der Seite schiebt sich Felix dazwischen. Jetzt weiß ich Spider in guten Händen. Die Rettungskräfte, die das improvisierte Sprungtuch gehalten haben, kühlen sich mit eisigen Bierflaschen die Beulen an ihren Köpfen. Paula versorgt sie eifrig mit Nachschub, ich denke doch, Bier ist vegan.

Jeremy sammelt die Teile des demolierten Trampolins zusammen und bringt sie zur Mülltonne.

»Trampolins sind halt scheiße«, flucht er bei jedem Gang.

Die allgemeine Aufregung legt sich wieder. Für die Leute ein Grund mehr, ihre Gläser zu heben, Gesprächsstoff gibt es nun mehr als genug. Mich ereilen Zurufe wie »Geile Action!«, »Hast du dir das ausgedacht?«, »Klasse inszeniert, Freaky!«, »Sehr beachtlich!«, und so fort. Was meine Anhänger mir alles zutrauen. Vielleicht müsste ich doch mal über meine Performance nachdenken.

Sehr zu meinem Verdruss schleicht sich Björn, BB, von hinten an mich heran. Susi ist nicht in seiner Nähe.

»Freaky, ich könnte dich küssen!«

Das möge der Himmel verhüten.

»Ich glaube, ich habe da was Gutes am Start. Die Blonde mit den Riesen... wir wissen, wovon ich rede – scheint mehr als angetan von mir zu sein. Ich muss mich ein paar Minuten von ihr loseisen, das erhöht die Spannung, ein bewährter Trick. Sie beweist Geschmack, oder?«, textet er weiter.

»Sicher.« Ich bleibe gelassen. Nur den Hauch einer Unsicherheit zu zeigen, kommt nicht in die Tüte.

»Themenwechsel. Weißt du, ich plane einen Roman zu schreiben. Sobald der Schinken erscheint, verreiße ich ihn auf meiner Homepage und in den sozialen Netzwerken selber. Jeder negativen Kritik stimme ich bedingungslos zu. Ein ganz neuer Ansatz. Negativwerbung ist die beste Werbung. Die Verkaufszahlen werden explodieren.«

»Wovon soll die Story denn handeln?«

»Von einem Typen, der in seiner zweiten Lebenshälfte feststellt, dass er immer ein arrogantes Arschloch war, der jede Menge Leute übelst vor den Kopf gestoßen hat. Er dachte immer von sich, schlauer zu sein als die anderen. Doch mit den Jahren merkt er, dass dem nicht so ist, und er im Vergleich zum Rest der Menschheit seinen Verstand lediglich häufiger benutzt als seine Artgenossen. Dann trifft er die Liebe seines Lebens. Einen Tag vor der Hochzeit wird bei einem Spaziergang sein Kopf von der Plastikstrebe eines herabstürzenden Kinderdrachen durchbohrt. Wie durch ein Wunder überlebt er die Verletzung, aber er verliert sein Gedächtnis und weiß nichts mehr mit seiner Schönen anzufangen. Ist das ein Plot?«

»Klingt spannend.«

»Vielleicht lasse ich dich den Einband entwerfen, es wäre doch immerhin möglich, dass etwas von meinem Ruhm auch auf dich abfärben könnte.«

BB schaut tatsächlich auf seine Uhr. »Okay. Du weißt, die Pute muss direkt nach dem Brühen gerupft werden.«

»So wird es sein.« Ich halte mich lieber an leere Floskeln.

Mit großen Schritten eilt er zielstrebig davon. Laotse tröstet mich: ›Wer gut zu kämpfen weiß, ist nicht zornig, wer gut die Feinde zu besiegen weiß, kämpft nicht mit ihnen.‹

Ich setze mich auf den nächstbesten Gartenstuhl und denke über nichts Bestimmtes nach. Die Themen hängen sich wahllos aneinander. Ob es anderen Menschen auch so geht? Ich mache mir eigentlich keine Gedanken, sondern die Gedanken machen sich von alleine. Blöde Formulierung, aber eine bessere fällt mir nun mal nicht ein. Ich würde von mir wirklich nicht behaupten, die Kontrolle über meine Gedanken zu haben. Wie bekommen die fernöstlichen Meditations-Asse das hin? Ich finde, einige Gäste sind mir heute besonders erwartungsvoll entgegengetreten. Es kommt mir so vor, als müsste ich eine geistreiche Bemerkung nach der anderen aus dem Ärmel schütteln, vielleicht suchen sie bei mir Antworten auf ihre dringendsten Fragen. Bestimmt erhebt mich die Funktion des Gastgebers automatisch in den Stand eines Weisen. Hoffen sie auf ein Ergebnis, etwas, das sie mit nach Hause nehmen können? Aber ich habe ihnen nichts anzubieten, ich stehe mit leeren Händen da.

Allmählich lichten sich die Köpfe. Zeit für mich, im Eingangsbereich abzuhängen, als höflicher Veranstalter gehört sich das so. Nicht alle, die gehen, verabschieden sich persönlich bei mir. Zu einigen Besucher hatte ich sage und schreibe gar keinen Kontakt. Typisch Freaky.

Johannes gesellt sich zu mir. Jedem Paar, das sich auf den Heimweg macht, schaut er wehmütig nach.

»Warum passiert mir das nicht?«, fragt er mich.

Wieder so einer, denke ich, was soll ich ihm voraushaben? Gut, ich kann mich zu dem Satz »Ich weiß es nicht, es kommen auch wieder bessere Zeiten« durchringen. Ich bin schließlich kein Unmensch, und Johannes ist sensibel. Dennoch sei mir die Frage gestattet: Wer tröstet am Ende mich? Locker bleiben, Freaky.

Sehr zu meiner Erleichterung, gleichzeitig bin ich mir meiner eigenen Gemeinheit bewusst, torkelt Rick sternhagelvoll auf sein Fahrrad gestützt an mir vorbei.

»Ich muss los, meine Mutter hat morgen, also heute ist schon morgen, Geburtstag. Wie immer gibt es nachmittags Waffeln, obwohl sie genau weiß, dass ich die Dinger hasse.«

Über das Lallen ist er hinweg, er nuschelt, als stecke ihm ein Turnschuh im Hals.

»Du wirst doch wohl kein Fahrrad mehr fahren wollen?«, gebe ich zu bedenken.

»Natürlich nicht, da käme ich gar nicht mehr drauf. Die Lichter gehen mit Batterie, so sehe ich wenigstens was im Dunkeln.«

»Cleverer Bursche«, lobe ich ihn. »

War eine der besten Partys, die ich je erlebt habe. Solltest du unbedingt wiederholen. Tschüss, Freaky.«

»Schlaf gut, Rick.«

Ich sehe ihm nach. So wie er schwankt, wird er beide Straßenseiten brauchen. Johannes bleibt in meiner unmittelbaren Nähe, er sagt kein Wort. Stumm blickt er den Leuten hinterher, die sich auf den Weg machen. Seine Sucht, leiden zu wollen, zwingt ihn dazu, sich mit anderen vergleichen zu müssen. Er will ganz genau sehen, was alle, besonders die Männer, besser machen als er. Wie nach einer Art der Selbstbestrafung darf es ihm einfach nicht gut gehen.

Ohne zu wissen, warum, fällt mir die Frau aus dem Hutgeschäft ein. Mir ist sie nach dem hässlichen Auftritt mit ihrem Mann nicht mehr begegnet. Gleichviel wird sie heute keinen schönen Tag verleben, und das nicht nur wegen des zu erwartenden Katers von dem ganzen Obstler. Mulle und Opossum verabschieden sich, mit Vorräten schwer bepackt, persönlich von mir.

»Du bist ein klarer Kerl, es hat sich gelohnt, dich kennen gelernt zu haben.« Mulle wirft sich mir an den Hals. Ich bin richtig gerührt.

»Heute waren Arme wie wir Könige. Danke dafür.« Opossum hält mir seine Hand hin. Ich schlage ein.

»Ihr seid klasse. Alles Gute!« Das meine ich genau so, wie ich es sage.

Langsam marschieren sie durch die Einfahrt. Ich schaue ihnen nach. Es dauert eine Weile, bis die Dunkelheit sie gänzlich aufgesogen hat. Ansatzlos weht Elvira in ihrer Gespensterkluft auf mich zu. Sie ist außer sich. »Du musst sofort mitkommen, im Pool treibt ein Toter!« Kreidebleich zerrt sie mich am Arm. Notgedrungen folge ich ihr.

Ein paar Betrunkene hängen gelangweilt am Beckenrand des Pools ab. Der Ertrunkene scheint sie nicht die Bohne zu interessieren. Gleichgültige Idioten, rücksichtslose Ignoranten, skrupellose Egoisten, geht es mir bei ihrem Anblick durch den Kopf. Panisch suche ich die Wasseroberfläche ab. Mit dem Gesicht nach unten treibt ein lebloser menschlicher Körper in der huldvollen Sommernacht dahin. Verdammt. Sofort will ich in das Becken springen, um die Leiche zu bergen, oder zu retten, was noch geht. Doch die Farben des Trikots der Fußballnationalmannschaft üben bei mir mitten im Lauf eine plötzliche Bremswirkung aus.

Ich verharre. Elvira neben mir zittert wie Espenlaub. Sie zeigt mit dem Finger auf den gruseligen Fund.

»Da! Tu doch endlich etwas!«

Ich halte eine genauere Betrachtung des Verunglückten für notwendig. Warum schweben die blonden Haare nicht in einzelnen Strähnen im Wasser, sondern haften als akkurate Frisur mit Seitenscheitel an dem Kopf? Von einem menschlichen Leib würde ich erwarten, dass er selbst bei günstigstem Auftrieb bis zur Hälfte im Wasser versinken würde, doch dieser hier schwimmt obenauf. Die ungenau modellierten Hände, die aussehen wie rosa Fausthandschuhe, senken meinen Adrenalinspiegel im Nullkommanichts auf normales Niveau.

»Atme tief durch, Elvira. Du hast dich geirrt. Im Pool schwimmt eine Gummipuppe«, erkläre ich ihr.

Ist es denn wahr, die Hooligans haben ihr Maskottchen vergessen? Wie besoffen müssen sie gewesen sein? Verwundert sehe ich mir die noch immer bebende Frau neben mir an. Über ein belastbares Nervenkostüm verfügt sie offenkundig nicht. Mit ihrer Alltagstauglichkeit scheint es nicht besonders weit her zu sein, wenn sie noch nicht einmal in der Lage ist, eine Gummipuppe von einer Leiche zu unterscheiden, ohne darüber zu dekompensieren. Mittlerweile halte ich es für angebracht, ihr zu wünschen, dass sie den Sinn besser gar nicht findet. Nicht auszudenken, wie ihre Reaktion in einem solch entscheidenden Moment für die gesamte Menschheit ausfallen könnte.

»Ich gehe wieder nach vorne. Magst du mitkommen?«, biete ich ihr an.

»Nein, ich bleibe noch hier. Ich muss mich sammeln, wieder zu mir selber finden.«

»Tu das!«

Ich wende mich ab. Was immer ihr Selbst ausmachen mag, ich möchte es nicht haben.

Vorne an der Einfahrt schnappe ich mir einen Klappstuhl. Wie ein Pförtner setze ich mich für alle scheidenden Gäste unübersehbar genau in die Mitte. Es dauert keine halbe Minute und Johannes pflanzt sich zu mir. Der künftige Oscarpreisträger Gernot stolpert zum Ausgang. Er hat mächtig Schlagseite, aber Cora, seine neue Perle, stützt ihn tapfer, der hohe Schlitz in ihrem Kleid ermöglicht ihr die dazu nötigen gespreizten Schritte. Der Star erkennt mich.

»Wir werden alle sterben!«, krakeelt er nicht besonders originell. Einzig seine grenzenlose Eigenliebe ist an diesem Abend nüchtern geblieben, den Rest von ihm hat der Suff davongespült.

»Und ich bin das Schamhaar in deinem Kartoffelsalat!«, rufe ich ihm nach.

Wütend dreht Cora sich zu mir um, sie sagt jedoch nichts. Wer speichelleckerisch die Nähe zu vermeintlich höhergestellten Typen sucht, wird im Schleim enden. Für alles im Leben bezahlt man seinen Preis. Wie wird Gernot reagieren, wenn er im Laufe des Tages halbwegs ausgenüchtert neben ihr aufwacht? Manchmal stelle ich mir bestimmte Szenen vor und kann die dabei gesprochenen Worte der agierenden Personen förmlich hören. Ich möchte nicht mit dem Mimen tauschen. Man erntet, was man sät.

Felix kommt zu mir, um sich zu verabschieden. Ernie und Bert auf seiner Brust scheinen breit zu grinsen.

»Freaky, heute lief fast alles so, wie es sein sollte. Ich habe mehrfach gedacht, mitten in der Sesamstraße zu stecken. Eigentlich sind wir beide wie Ernie und Bert.«

»Wer ist wer?«, frage ich.

Felix grinst. »Du bist nicht Bert.«

Ohne einen weiteren Gruß spaziert er hinaus in die Nacht. Ein netter Kerl, wir sind seit vielen Jahren befreundet. Leider fallen die Gespräche mit ihm meist etwas einseitig aus. Was soll's, niemand ist perfekt. Friederike zieht Claire in ihrem verdreckten Brautkleid an der Hand hinter sich her.

»Geht es heim?«, erkundige ich mich. Claire piept unverständliche Worte, ihre Augen hängen schräg.

»Ich rufe für uns ein Taxi und setze sie bei sich zu Hause ab«, erklärt mir Friederike.

»Wo sind denn ihre Begleiter?«

»Keine Ahnung.«

»Und ihr Mann?«

»Der ist zum Glück hier gar nicht erst aufgekreuzt.«

»Dann macht es mal gut, ihr beiden.« Ich winke ihnen zu.

»Du auch.« Friederike lächelt müde.

»Piep, piep, piep", kommt von Claire. Was für ein Start in die Ehe! Bei denen möchte ich nicht tot über dem Zaun hängen. Johannes schmachtet der Braut hinterher, doch in diesem Fall verklärt er den falschen Segen. Jeremy kommt locker um die Ecke, von der Trinkerei glühen die Pickel in seinem Gesicht rot wie pralle Hagebutten.

»Freaky, deine Party war nicht scheiße«, raunt er mir zu.

»Freut mich, wenn du Spaß hattest. Wir sehen uns.«

Er hält mir eine halb leere Flasche Korn hin.

»Die ist für den Rückweg. Mit so gar nichts in der Hand unterwegs zu sein, ist halt scheiße.«

»Da sagst du was.«

Er stärkt sich noch mit einem kräftigen Schluck, dann

ist er verschwunden. Da mir der Überblick fehlt, wer sich noch alles auf der ausklingenden Fete befindet, bin ich gespannt, welche Typen mir noch über die Füße fallen werden.

Einen Auszug der besonderen Art bietet eine Vierergruppe, die Nestor in seinem eng sitzenden Spidermantrikot anführt. In der Körperhaltung eines Provinzzuhälters, der mit seinem Kampfhund die Bürgersteige unsicher macht, hält er Hildegard an der Leine, was der Ziege überhaupt nicht behagt. Mürrisch verdreht sie den Kopf nach dem gutmütigen Tobi, der hinter ihr geht und Doris eingehakt hat, die nicht so recht Schritt halten kann. Spiderman nickt mir bedeutsam zu, als wäre damit alles gesagt.

»Schlaft gut!«, wünsche ich ihnen hölzern, da mir nichts Gescheites einfällt.

»Du auch.« Nestor kratzt sich mit der freien Hand über seinen Schmerbauch.

»Gute Nacht, war nett bei dir«, entbietet mir Tobi seinen Gruß.

Doris verliert kein Wort. Sie schaut mich an, während ihr Hirn nach einem Bild sucht, dem es mein Gesicht zuordnen kann. Sie dreht sich sogar noch mal nach mir um, doch leider vergeblich, ihr Bewusstsein klart nicht so weit auf. Ob der Alien, auf den sie wartet, noch zu ihr kommen wird? Falls ja, wie mag Hildegard auf ihn reagieren? Paula, die Veganerin, schlendert gemeinsam mit Jan, dem alternden Muskelmann, an mir vorbei. Wir tauschen belanglose Sprüche aus. Johannes stößt mich in die Rippen.

»Wieder zwei, die es geschafft haben. Und ich werde erneut einsam in meinem Bett liegen.«

»Ich kann mir nicht vorstellen, dass zwischen den beiden etwas läuft. Vielleicht wohnen sie einfach nur in der gleichen Ecke. Du hast ja wie ein Besessener nur noch eine Sache im Kopf. Bleib mal cool, Junge. So verkrampft, wie du bist, gibt das im Leben nichts mit einer neuen Beziehung. Den einsamen, hungrigen Wolf riechen die Damen aus einem Kilometer Entfernung. Auf so einen springen sie ums Verrecken nicht an. So viel steht fest.«

Traurig schaut er mich an. »Du hast ja recht.«

Schwerfällig stemmt er seinen massigen Körper aus dem Stuhl hoch. »Freaky, ich mache mich auf den Weg. Bist ein prima Kerl.«

»Du auch. Bis bald.«

Ohne jeden Elan in seinen Schritten biegt er hinter der Einfahrt links auf die Straße. Elvira huscht heran. Im Schwarz der Nacht hebt sich ihr weißes Gewand erst recht gespenstisch ab. Sie hat nur Augen für ihr Pendel, das sie auf Armlänge vor sich herschaukeln lässt. Dennoch registriert sie mich von der Seite.

»Ich muss los, ich bin da auf etwas Gravierendes gestoßen, das Pendel ist kaum zu halten.«

»Gutes Gelingen!« Ich sehe keinen Grund, gegen diese abgedrehte Frau unfreundlich zu sein. Irre, aber harmlos, sage ich mir. Wie ich.

Wolle, der Wirt, scheint schon weg zu sein, ebenso Spacey, das Schlitzohr. Der Erdbeerlord wird es mit seinem Topmodel Sheila am Ende dann doch äußerst eilig gehabt zu haben, denn sein Karren steht führerlos unweit der Haustür auf dem gepflasterten Weg. Ich lehne mich bequem zurück, verschränke die Arme im Nacken. Wie könnte es anders sein, ich betrachte die grenzenlose Weite des nächtlichen Himmels. Artig lasse ich kein Klischee aus und hänge dabei philosophischen Betrachtungen nach. Was sind wir Menschen doch für merkwürdige Wesen? In den Äonen der Zeit ein Furz auf einem kosmischen Krümel, der 8,3 Lichtminuten von einem Fixstern entfernt elliptische Runden dreht. Noch nicht einmal für einen richtigen Kreis hat es gereicht. Dennoch nehmen wir uns so unendlich wichtig.

Wir sind mehr oder weniger organisierte Bröckchen Materie mit kleinkarierten Gedanken, und von egoistischen Gefühlen getrieben. Lächerlich.

Apropos Gefühle! Schlagartig durchzuckt mich ein schneidender Alarm. Susi und BB sind gar nicht mehr aufgetaucht. Fuck – oder besser nicht. Ist das jetzt ein gutes oder ein schlechtes Zeichen? Zudem, was geht mich das an? Die Ratio beansprucht ihr Mitspracherecht. Ein Kampf um die Vorherrschaft in meinem Inneren entbrennt in Form von wirren Vorstellungen und absurden Bildern. Ich sehe den Umschlag von meinem Tao-Te-King vor mir, Laotse reitet mit gelassener Miene auf seinem Ochsen, hinter ihm folgt Susi, in fernöstliche Gewänder gehüllt. Das freundliche Gesicht des Weisen wandelt sich mehr und mehr in die überhebliche Visage von BB, der mir als Zeichen seines Sieges mit dem linken Auge spöttisch zublinzelt.

Ich springe auf, reibe mir die Augen. Weit und breit ist niemand zu sehen. Wahrscheinlich bin ich der Letzte. Ich halte es für das Beste, bevor ich selber nach Hause gehe, alle Räume abzusuchen, ob kein Unglück geschehen ist und niemand mit Rauschmittel vergiftet in irgendeiner Ecke liegt. Auf dem Weg zum Haus höre ich irgendwo von oben einen schrillen Pfiff. Ich hebe den Kopf. Es folgt eine mir vertraute weibliche Stimme.

»Freaky, ich bin es, hier oben.«

Ich trete ein paar Schritte zurück, um zum Dach schauen zu können. Tatsächlich hockt Susi wie vorhin auf den Metalltritten, die zum Schornstein führen. Gut gelaunt winkt sie mir zu.

»Sind alle weg?«, ruft sie von oben herab.

»Ich denke schon.«

»Komm hoch, ich will dir was zeigen.«

»Okay. Wo ist Björn?«

»Um den geht es. Nun mach schon!«

Da ihre Andeutung meine Neugier geweckt hat, bleibt mir nichts anderes übrig, als die Treppen zu erklimmen. Auf der zweiten Etage wartet Susi schon im Flur auf mich.

»Hier entlang!« Sie zeigt auf ein Zimmer.

Im Türrahmen bleiben wir stehen. BB liegt laut schnarchend auf dem Bett. Der Raum ist wie ein Gästezimmer eingerichtet.

»Der hat einfach keine Ruhe gegeben. Nicht, dass er mich begrapscht oder sonst wie sexuell genötigt hätte, dazu hält er sich für viel zu feinsinnig, sondern er hörte nicht auf, seine selbstverliebten Phrasen abzusondern. Ein ekliges Großmaul, kann ich dir sagen. Ich musste was tun.«

Ein Triumphzug rast mit 300 Sachen durch meine Innereien. »Als da wäre?«, horche ich mit unverhohlener Schadenfreude nach.

»Nun, ich habe ihm, als er mal pinkeln war, zwei pulverisierte Fluiknockers in seinen Drink gemischt.«

»Flui-was?«

»Flunitrazepam«, für mich ungebildeten Trottel buchstabiert sie laut, »ich kaufe mir das Zeug immer in der Drogenszene.«

Ich kann ihr nicht ganz folgen.

»Nicht für mich, du Dussel, ich kann die ganze Chemie nicht ausstehen«, führt Susi weiter aus, »aber mit dem Kram werde ich wunderbar aufdringliche Kerle los, bevor sie mir so richtig auf den Geist gehen. Mann, ist Björn ein narzisstischer Kotzbrocken.«

Mit tiefer Genugtuung stelle ich fest, dass intellektuelles Blabla lange nicht bei jeder zieht.

»Zum Schluss schwärmte er mir noch von seinem Romanprojekt vor. Ein Typ, von einer unheilbaren exotischen Krankheit befallen, er hat nur noch vier Wochen zu leben, pfeift auf die Schulmedizin und schüttet jeden

Tag eine Flasche Single Malt in sich hinein und besiegt damit die Krankheit.« Susi rümpft die Nase.

»Och, das mit dem Whisky ist doch gar nicht so schlecht. Mir gegenüber stellte er eine andere Geschichte in Aussicht, von einem arroganten Typ, der die Frau seines Lebens trifft und durch einen Unfall sein Gedächtnis verliert.«

»Auch nicht viel besser«, sie sieht mich von der Seite an, »und was machen wir jetzt?«

»Wie lange hält die Wirkung an?«

»Na ja, bei einem großen Hund sicher einen ganzen Tag. Er ist jedoch eher ein Schwein. Ich vermute, um die sechs Stunden, zusammen mit Alkohol deutlich länger.«

Genau in diesem Moment spielt mir die Macht des Zufalls in die Hände. Oder anders herum formuliert, Menschen, die nicht an Zufälle glauben, irren sich gewaltig. Es gibt in fast allen Entwicklungen einen Punkt, an dem sich die Dinge unerwartet schlüssig ineinanderfügen. Diesen ultimativen Augenblick zu erkennen und danach folgerichtig zu handeln, darin besteht die Kunst des Kriegers. In mir nimmt eine heimtückische Idee Gestalt an, mit der Karre vom Erdbeerlord, sozusagen, in einer tragenden Rolle.

»Pass auf! Zunächst suchen wir beide jeden Winkel, innen und außen, nach versprengten Gästen ab, dann bringen wir Björn nach unten«, schlage ich vor.

»Einverstanden. Ich fange unter dem Dach an.«

Schon zieht Susi los. Ich durchkämme den Garten, die Garage, den Keller und das Erdgeschoss. Vor dem betäubten Journalisten treffen wir uns wieder. Mit dem Rautekgriff aus der Erste-Hilfe-Schulung für den Führerschein zerre ich den Reaktionslosen nach unten, von dort direkt zu dem Schubkarren. Susi, die mir gefolgt ist, sieht mich skeptisch an.

»Was in aller Welt hast du vor?«

»Wir ziehen ihn nackt aus. In dem Gartenhäuschen gibt

es ganz bestimmt Arbeitsschuhe und passende Klamotten, damit staffieren wir ihn aus. Am liebsten würde ich ihn auf den Bauch legen und ihm eine Pfingstrose hinten reinschieben. In diesem Arrangement stellen wir ihn auf dem Marktplatz vor der Kirche ab.«

»Okay, machen wir«, ihr Gesicht zeigt keinerlei Regung, »aber du schiebst ihm keinen Blumenstängel in den Arsch.«

Ich gebe zögernd nach. »Abgemacht. Floristisch dekorieren möchte ich ihn aber schon.«

Gemeinsam hieven wir den schlaffen Körper auf die Ladefläche des Karrens. »Ich ziehe ihn aus und du darfst die Gartenklamotten und die Blume aussuchen«, schlage ich ihr vor. Jetzt verzieht sie doch ihr Gesicht zu einem diebischen Grinsen.

»Wird mir ein Vergnügen sein.«

Ich rupfe Björn die Kleider vom Leib, von dem Hin-und-Her bekommt er nichts mit, kurz röchelt er auf, um gleich wieder in den sägenden Schnarchmodus zu fallen. Susi ist zurück. Sie zeigt auf seinen Unterleib.

»Ihh, sein Dingsda sieht ja aus wie eine fette Eitermade. Egal. Schau, was ich gefunden habe.«

Sie hält mir eine dunkelrote Schürze unter die Nase, dazu himmelblaue Gummistiefel und eine geschlossene Pfingstrose.

»Die Stiefel können unmöglich passen«, bemerke ich.

»Müssen sie auch nicht. Wenn wir ihn bäuchlings auf den Karren betten, schneiden wir die Dinger an der Vorderseite auf.«

»Gute Idee. Halte mal den Karren fest!«

Susi packt sich die Handgriffe. Ich lege der unappetitlichen Biomasse die Schürze korrekt an, will sagen, die Rückseite wird lediglich von den Bändern und ihrem Knoten bedeckt. Mit meinem Taschenmesser schneide ich die Stiefel auf, die ich wie Schalen über die Füße stülpe. Die

Blume erlaube ich mir unter den Knoten der Schürze entlang der Wirbelsäule zu klemmen. In dieser Ausrichtung verschwindet der untere Teil des Stiels unwillkürlich in der Kerbe zwischen den Pobacken. Zur Sicherheit bringe ich das Objekt unserer Aktionskunst noch halbwegs in die stabile Seitenlage, man weiß ja nie. Anschließend betrachten wir unser Werk.

»Ehrlich gesagt sah Björn den ganzen Abend über nicht so gut aus wie jetzt«, stellt Susi zufrieden fest.

Unmerklich zucke ich zusammen. Nicht zum ersten Mal ereilt mich in dieser Nacht die Gewissheit, dass ich diese Frau niemals zum Feind haben möchte.

»Hast du eine Ahnung, wie spät es ist?«, will sie von mir wissen.

»Nein.«

Susi blickt zum Himmel. »Es dürfte bald hell werden. Wollen wir?«

»Klar. Ich schließe noch die Haustür ab.«

Die Fenster sind zu, die Lichter sind aus, sämtliche Geräte sind abgeschaltet. Jetzt komme ich mir beinahe wie der Eigentümer vor. Den Schlüssel lasse ich neben dem Tao-Te-King in der Hosentasche verschwinden. Mögen sie sich miteinander anfreunden. Susi und ich teilen uns noch den letzten Schluck von dem herrlichen Weißwein, dann machen wir uns auf den Weg. Die Party ist vorbei. Erstaunlich leise rollt der Karren über den Asphalt.

»Du hast noch fünf Tage Zeit.« Ansatzlos hat Susi mich am Wickel. Ich verstehe ihre Anspielung sofort, stelle mich jedoch, um Zeit zu schinden, dumm.

»Fünf Tage für was?«

»Das weißt du ganz genau. Du hast fünf Tage, um sauber zu machen und aufzuräumen. Du bringst das in Ordnung. Du stellst dich. Den Schlüssel gibst du den Leuten persönlich ab.«

Schlagartig zieht sich mir die Kehle zusammen. »Ich

verstehe nicht ganz, du hast mir doch sogar bei der Planung geholfen«, bringe ich trocken gepresst heraus.

»Stimmt. Mir gefiel der Gag auf Anhieb. Momentan hänge ich seelisch ziemlich durch, und ich dachte mir, eine außergewöhnliche Ballnacht würde mir gut tun, und das hat sie auch.«

»Aber? Reicht es nicht, wenn ich den Schlüssel mit einem Entschuldigungsschreiben und einigen Geldscheinen per Post schicke?«, greife ich nach einem letzten Strohhalm.

»Betrachte das Ganze als eine Art Test. Der Grundgedanke war so richtig schön anarchistisch. Doch muss man für das einstehen, was man getan hat. Wer interessiert sich für einen Drückeberger, der sich verpisst, wenn es unangenehm wird? Auf so Typen kann man doch nur einen Dicken setzen. Oder?«

Wortlos schieben wir den Karren. Warum sollte ich tun, was sie verlangt? Ich könnte sie doch auf der Stelle zum Teufel jagen. Viele Mütter haben schöne Töchter. Ich könnte in eine andere Stadt ziehen, nach Alaska auswandern. Und überhaupt! Wer bin ich denn?

Aufgewühlt fahren die Gedanken mit mir Karussell. Und? Nichts und. Brav gehe ich weiter, den Hintern von BB wie die aufgehende Sonne vor dem Gesicht. Wir erreichen den menschenleeren Marktplatz. Natürlich sind die Cafés noch geschlossen, genauso wie der Kiosk, die Bäckerei, die Imbissbude. Unter dem Glaskasten mit den Ankündigungen der Pfarrgemeinde stellen wir BB an der Freitreppe zum Kirchenportal ab. Geleitet von dem Automatismus eines Vorwitzigen sticht mir ein Plakat ins Auge. Der Pfarrer ruft seine Schäfchen zu einer Protestprozession gegen den geplanten FKK-Club in der Schrebergartensiedlung auf. Na, das passt. Ich zeige Susi den Aufruf.

Sie hält sich die Hand vor den Mund, um nicht laut loszuprusten. Ich zeige mit dem Daumen nach oben. Sie nickt.

Bei den ersten Lichtstrahlen des Tages stehlen wir uns davon. Ein paar Straßenzüge weiter trennen sich unsere Wege.

»Ich muss da lang.« Susi zeigt nach links.

»Ich weiß. Und ich nach rechts.«

Für mich völlig überraschend kommt Susi auf mich zu und küsst mich flüchtig auf die Lippen.

»Gib mir etwas Zeit, Freaky. Warte acht Monate auf mich, dann werde ich zu dir kommen.«

»Warum gerade acht?« Blöder kann ich nicht fragen.

»Weil Acht meine Glückszahl ist!« Grußlos wendet sie sich ab und geht.

Ich stehe da. Gefühle und Gedanken überrollen sich gegenseitig. In dieser Auseinandersetzung drehen sie mein Ich, als wäre es lediglich ein Austragungsort, so richtig durch die Mangel. Aber was ist schon ein Ich? Nicht auszudenken, wenn ihre Glückszahl 4371 wäre.

›Also auch der Berufene. Er geht einen Schritt zurück, um nach vorne zu kommen‹ – dieser Spruch entstammt ausnahmsweise nicht dem Tao-Te-King, sondern meinem fiebernden Gehirn. In den nächsten Tagen bringe ich das Haus in Ordnung. Die schmutzigen Handtücher und die Bettwäsche jage ich durch die Waschmaschine. Bis auf das kaputte Trampolin, einige zerschlagene Teller und Gläser ist kein nennenswerter Sachschaden entstanden. Ein größeres Problem stellen die geplünderten Nahrungsvorräte, besonders die teuren Weine und andere Alkoholika, dar.

Die Angst lastet auf mir. Mit jeder Sekunde wird sie schwerer. Im Spiegel überprüfe ich, ob ich noch über eine aufrechte Körperhaltung verfüge. Stündlich probe ich meine Ansprache, die ich mir in wechselnden Versionen zurechtgelegt habe. In meiner selbst verursachten Not hilft es mir auch nichts, in der Zeitung zu lesen, dass an dem besagten Wochenende in allen urlaubsbedingt leer-

stehenden Häusern des vornehmen Viertels unter Aus-
schaltung der Alarmanlagen von einer professionellen
Gang im großen Stil eingebrochen wurde.

Am Tag 6 halte ich es nicht mehr aus. Ich muss es hinter
mich bringen. Heftige Durchfälle zwingen mich anfangs
immer wieder in meine Bude zurück, kaum dass ich die
Straße betreten habe. Nach mehren Fehlversuchen gibt
mein Darm nichts mehr her und ich bleibe dicht. Wenigstens das. Ich trete meinen schweren Gang an. Das Tao-Te-
King schwingt in meiner Hosentasche wie eine Totenglo-
cke hin und her. Mit zittrigen Fingern drücke ich die Klin-
gel. In der anderen Hand halte ich einen Briefumschlag
mit 3000 Euro. Scheiß auf die Kohle.

Eine Frau, vielleicht zehn Jahre älter als ich, öffnet die
Tür. Freundlich lächelt sie mich an.

»Ja, bitte?«

Als bestünde mein Mund aus verklumptem Mehl, würge
ich meinen ersten Satz heraus ...

Schluss

Laotse sagt: ›Das Weibliche siegt immer durch seine Stille
über das Männliche.‹